TESTIMONE A QUATTRO ZAMPE

UN DETECTIVE CON LE VIBRISSE
LIBRO 2

MOLLY FITZ

Editor: Megan Harris
Traduttrice: Barbara Parutto
Revisori: Annalisa Guerrini-Körner
Copertina: Lou Harper, Cover Affairs

PO Box 873543
Wasilla, AK 99687

TRAMA

Finalmente ho accettato il fatto di riuscire a parlare con gli animali, anche se l'unico che mi risponde è il burbero tigrato che ho soprannominato Gattavius. Quello che non ho ancora ben capito è come mantenere il segreto sulla questione...

Ora, uno degli associati dello studio legale per cui lavoro ha scoperto il mio superpotere e insiste perché lo utilizzi per aiutarlo a difendere un cliente da un'accusa di doppio omicidio. E come se non bastasse, Gattavius non ha nessuna intenzione di aiutarci.

La nostra unica speranza è uno Yorkshire psicologicamente instabile di nome Yo-Yo, che non ha ancora realizzato che i suoi proprietari sono morti. Riusciremo a trovare il modo di far sì che Yo-Yo ci aiuti a risolvere il caso senza spezzargli il cuore?

NOTA DELL'AUTORE

Ciao e grazie per aver scelto questo libro! Anche a te piacciono i cozy mystery con una buona dose di umorismo? Allora saremo ottimi amici!

Cosa ne dici, intanto, di tenerci in contatto sulla mia pagina Facebook? L'ho creata appositamente per i miei fantastici lettori italiani. Vieni a trovarmi su www.facebook.com/raccontimiciosi

Insieme ci divertiremo tantissimo. Gira pagina... e inizia l'avventura!

Ti aspetto nel magico mondo dei gatti.

MOLLY

A chi sogna di poter parlare con il proprio amico a quattro zampe... Cosa ve lo impedisce?

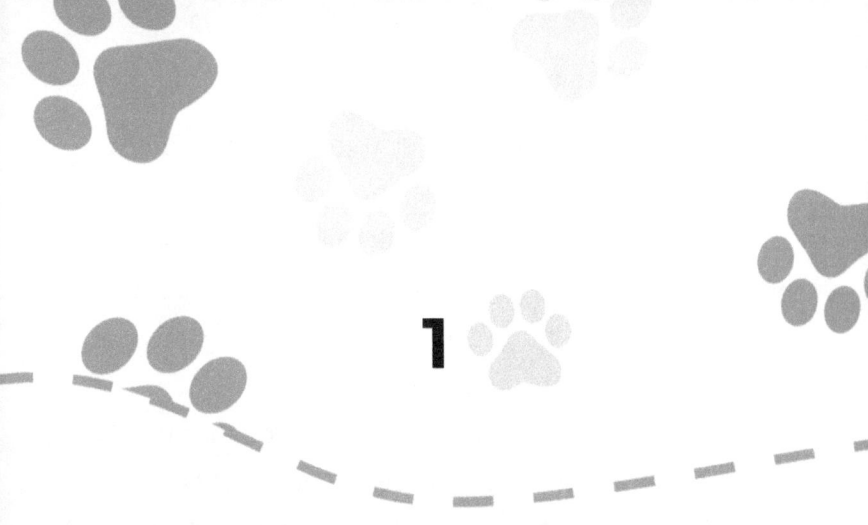

1

Ciao a tutti, sono Angie Russo e ho un gatto parlante. Beh, in effetti parla solo con me, ma tant'è. È passato qualche mese da quando è venuto a stare da me dopo l'omicidio della sua ex proprietaria, un'anziana signora buona come il pane, avvelenata da una parente che voleva mettere le mani sull'eredità.

Da allora io e Gattavius ci siamo adattati alla nostra nuova vita insieme e in genere lui si comporta abbastanza bene, a patto che gli serva la colazione in orario e che non mi permetta mai e poi mai di chiamarlo "micetto". Ha perfino imparato a usare l'iPad per chiamarmi su FaceTime quando sono al lavoro.

Sì, il *suo* iPad personale.

Vi ho già detto quanto è viziato?

Non soltanto ha un tablet tutto suo (e anche un fondo fiduciario, se è per questo), ma pretende di bere esclusivamente Evian fresca e di mangiare solo alcuni gusti di Sheeba, rigorosamente serviti in specifici piattini in base a un programma scrupolosissimo e, a mio avviso, del tutto superfluo.

Devo ammettere che mi sono affezionata molto a lui e sinceramente non pensavo che sarebbe accaduto. Ho anche imparato ad apprezzare, almeno in parte, il mio lavoro di assistente legale presso lo studio Fulton, Thompson and Associates. La situazione sul lavoro si è fatta interessante dopo che il signor Fulton ha lasciato di punto in bianco la città, e lo studio si è ritrovato senza il più importante dei soci senior.

Ne è scaturita una competizione senza esclusione di colpi per prendere il suo posto ma, finché il signor Thompson non deciderà a chi assegnare la promozione, saremo semplicemente Thompson and Associates. Numerosi candidati, sia interni che esterni, hanno svolto colloqui con lui nella speranza di accaparrarsi una posizione di tale prestigio nel miglior studio legale di Blueberry Bay, ma il signor Thompson fatica a prendere una decisione.

Non lo biasimo affatto, di certo non vorrei essere nei suoi panni in questo momento.

La reputazione dello studio legale ha subìto un duro colpo quando si è diffusa la notizia dell'omicidio commesso dalla moglie di uno dei soci senior. Eravamo assediati da giornalisti e curiosi in cerca di scoop, ma il signor Thompson è stato molto chiaro sulla questione: non avremmo parlato dell'accaduto con nessuno.

Nel frattempo ha assunto un nuovo associato per gestire i numerosi casi rimasti scoperti. E così ha fatto il suo ingresso da noi Charles Longfellow III, un giovane avvocato dall'ottimo curriculum, che oltre a essere molto qualificato è anche decisamente attraente.

Era da un po' che non mi prendevo una cotta e caspita, per lui sono presa davvero bene! Ha splendidi capelli scuri, folti e ondulati, che gli ricadono in modo sexy sulla fronte. È alto, del tipo *probabilmente giocava a basket al liceo ma non al college,* ed è terribilmente facile perdersi in quegli intensi occhi verdi. Lo so bene, perché mi è già successo.

Anche se in genere preferisco i libri ai ragazzi, quando lui è nei paraggi sento le farfalle nello stomaco. E probabilmente è stata questa la causa del mio terribile errore...

E così ora vengo ricattata per il mio segreto più grande, il fatto che riesco a parlare con gli animali.

E sapete qual è la cosa peggiore? Che un po' mi piace.

Ma forse dovrei raccontarvi tutto dall'inizio, vero?

Ecco a voi la storia di come ho combinato la stupidata del secolo...

* * *

Gattavius mi aveva chiamata su FaceTime poco prima di mezzogiorno. Ovviamente ero in ufficio, ma poiché lui sapeva bene di non dovermi chiamare se non in caso di emergenza, avevo deciso di rispondere. Inoltre, quasi tutti erano usciti presto per un importante pranzo di lavoro, quindi sapevo di essere praticamente l'unica persona rimasta nell'edificio.

«Che succede?» gli chiesi dopo aver dato una rapida occhiata in giro, giusto per accertarmi che non ci fosse nessuno. Solitamente mi nascondevo in bagno per parlare con lui, ma uno degli associati junior ci si era chiuso per una buona mezz'ora prima di uscire per la riunione e non avevo nessuna intenzione di scoprire quale genere di scenario post-apocalittico si fosse lasciato alle spalle.

«C'è una mosca nell'Evian!» si lamentò il mio gatto con un miagolio funereo. Quando si avvicinò alla telecamera vidi che aveva un'espressione sconvolta.

«Oh, un dramma di proporzioni catastrofiche» esclamai voltando il viso e alzando gli occhi al cielo. Gattavius era decisamente *troppo* viziato, ma in fin dei conti prendevo un assegno di cinquemila dollari al mese per occuparmi di lui, quindi non potevo lamentarmi troppo.

«Mi hai tolto le parole di bocca» rispose. Sospirò e fece una smorfia. «Devi venire *immediatamente* a casa per porre fine a questa tragedia!»

«Non posso. Sono al lavoro, ricordi?» gli risposi sospirando a mia volta mentre cliccavo pigramente sulla casella della posta elettronica, come sempre strapiena di email in arrivo.

«Non si era detto che saresti passata al part-time?» sibilò Gattavius quando si accorse di non avere la mia completa attenzione.

Perché dovevo sempre rendere conto delle mie scelte di vita a un gatto? In ogni caso, raramente ricordava ciò che gli dicevo. Avevamo già fatto lo stesso identico discorso almeno tre volte e dover tirare di nuovo fuori l'argomento mi sembrava una totale perdita di tempo.

Ciò nonostante, ci avrei messo meno tempo e

fatica a rispiegarglielo che a dover gestire uno dei suoi malumori felini.

«Sì, tecnicamente ora lavoro part-time,» gli spiegai pazientemente. «Ma dovrò fare un po' di straordinari finché il signor Thompson non assumerà un nuovo socio. Abbiamo un sacco di lavoro e purtroppo ora non posso proprio venire a casa a cambiarti l'acqua. Mi dispiace.»

Gli occhi gli si ridussero a fessure. Era già sul piede di guerra. «Ma non ricevi un lauto assegno mensile per occuparti di me e offrirmi lo stile di vita a cui sono abituato? Perché decisamente *non* sono abituato al fatto che un'orribile mosca nuoti nella mia Evian con le sue disgustose zampette!»

Nuovamente, capitolare era più semplice che andare avanti a discutere per giorni. «*E va bene.* Chiederò alla nonna di passare a cambiarti l'acqua. Sei contento?»

Sbadigliò, con l'unico risultato di infastidirmi ancora di più: «Non direi. Mi ci vorranno *giorni* per riprendermi da un evento tanto raccapricciante. Puoi dire a tua nonna di non dimenticare di buttare via la tazza contaminata?»

«Sei un gatto!» sibilai a denti stretti. «Dovresti essere un temibile cacciatore, non un bimbetto viziato. Pensa che gli altri gatti—»

«*Angie*?» una voce profonda e sognante interruppe la conversazione.

Oh, no, no, no! Pensavo che se ne fossero andati tutti!

Voltai la sedia girevole e mi trovai di fronte niente meno che Charles Longfellow III. Si era piazzato proprio dietro di me e, da sopra la mia spalla, fissava inebetito l'immagine di Gattavius sullo schermo del mio cellulare.

«Ehm... ciao, Charles.» Ridacchiai nervosamente e premetti in fretta e furia il tasto di chiusura della chiamata. Ma era troppo tardi: aveva già sentito e visto più che abbastanza da scoprire il mio segreto. Nella migliore delle ipotesi, avrebbe pensato che fossi pazza, o di essere impazzito lui.

Mi stava fissando come se mi fosse spuntata una seconda testa; cosa che forse, tutto sommato, gli sarebbe sembrata meno strana della scena a cui aveva appena assistito.

«Va tutto bene?» mi chiese sollevando un folto sopracciglio. Improvvisamente l'aria sembrò essersi rarefatta come se ci fossimo teletrasportati in cima a una montagna.

Annuii, desiderando solo che se ne andasse e la smettesse di fare domande. «Va tutto perfettamente bene! Grazie!» mentii, sperando di aver ereditato le leggendarie capacità di recitazione della nonna. Ma da ciò che potevo vedere, non pareva affatto che si stesse facendo ingannare dal mio fiacco tentativo di sdrammatizzare la situazione.

E infatti la sua voce grondava sarcasmo quando replicò: «Ma *davvero*? Perché sembrava proprio che al tuo gatto servisse aiuto per...» Un ampio sorriso gli si dipinse sul volto, letteralmente da un orecchio all'altro. «L'acqua? Ho capito bene?»

Rimasi a bocca aperta per lo shock, ma non riuscii a spiccicare parola per cercare di dare una spiegazione sensata alla folle scena a cui il ragazzo che mi piaceva aveva appena assistito.

«Allora?» insistette lui fissandomi negli occhi. «Stavi o non stavi chiacchierando con il tuo gatto?»

Spostai una ciocca di capelli dietro l'orecchio e deglutii prima di riuscire a balbettare una risposta: «Ah beh, ecco... a volte lo chiamo quando sono fuori casa. Soffre di ansia da separazione, perciò...» Gli rivolsi il sorriso più seducente di cui ero capace, ma parve non funzionare. Non c'era modo di venirne fuori.

«Ma sembrava che lui ti rispondesse!» insistette Charles. «Come se si trattasse di una vera e propria conversazione.»

Strabuzzai gli occhi e balbettai: «Cosa? No, non

dire sciocchezze. Ovviamente non sono in grado di parlare con gli animali. Voglio dire, chi mai potrebbe riuscirci?»

«Tu, a quanto pare» dichiarò Charles stringendo gli occhi e continuando a fissarmi. Era evidente che non si sarebbe arreso finché non gli avessi svelato quella verità che volevo nascondere a ogni costo.

Deglutii di nuovo nel tentativo di alleviare il groppo che mi si era formato in gola e scoppiai in una risata isterica: «*Ci sei cascato!* Non riesco a credere di averti fregato con questa burla!»

Charles si infilò le mani nelle tasche e prese a dondolarsi sui talloni, ma rimase in silenzio.

Accidenti, perché non diceva niente?

Il cuore mi galoppava come uno stallone selvaggio. Infine la mia risata si spense.

Charles studiò a lungo la mia espressione e io stupidamente non riuscii a staccare gli occhi dai suoi. «Ora vieni con me» disse infine.

«Cosa!?» Incrociai le braccia sul petto con aria di sfida. «No. Devo restare qui, ho un sacco di lavoro!»

Lui appoggiò le mani sulla mia scrivania e si chinò in avanti, il viso a pochi centimetri dal mio. In qualsiasi altra circostanza sarei stata ben felice che il suo splendido volto fosse così vicino al mio.

Ma ora ero terrorizzata.

«Ho detto che vieni con me» ripeté con un sorriso diabolico. «Altrimenti racconterò a tutti ciò che ho visto.»

Sussultai. «A tutti?»

«*Nessuno escluso*» confermò. Poi si rialzò e si strinse la cravatta.

Ero sbigottita e non vedevo alternative, così mi alzai e lo seguii.

«Ottimo» disse avvicinandosi alla porta e facendomi cenno di uscire.

Mi voltai a guardarlo: «Dove stiamo andando?»

«A casa mia» rispose serafico mentre percorrevamo il parcheggio fino alla sua auto. Charles non mi aveva mai chiesto di uscire con lui prima, tantomeno mi aveva mai invitata a casa sua. Purtroppo qualcosa mi diceva che ciò che mi attendeva non mi sarebbe piaciuto affatto.

2

Cinque minuti dopo io e Charles giungemmo al complesso residenziale di Cliffside. Mi sorprese scoprire che viveva in un condominio dove si affittavano appartamenti a basso prezzo, anziché in una delle belle villette sull'altro lato della città. In genere Cliffside era una zona per neolaureati o per chi era solo di passaggio.

In qualità di avvocato, Charles avrebbe facilmente potuto permettersi qualcosa di meglio, nonché un quartiere più sicuro. Glendale era una zona a basso tasso di criminalità, ma nove volte su dieci i problemi si verificavano proprio a Cliffside. Forse, lavorando come difensore penale, voleva vivere nelle vicinanze dei clienti. Tuttavia, la maggior parte dei casi di cui si occupava il nostro studio rientrava nella categoria dei reati finanziari e Cliffside, con la vernice scrostata e i pavimenti ricoperti di moquette macchiata, era tutto fuorché un quartiere di colletti bianchi.

Il fatto che abitasse lì significava forse che non pensava di trattenersi a lungo a Blueberry Bay? Era solo di passaggio, come molta della gente che viveva in quell'ammasso di edifici malandati?

Anche se al momento mi stava ricattando, avevo sperato che intendesse restare. Nonostante tutto, preferivo comunque la sua compagnia a quella degli altri associati. Di recente io e Bethany stavamo cercando di diventare amiche, ma spesso risultava difficile rapportarci. Eravamo troppo diverse, tutto qui.

Invece, nonostante il nome pomposo, forse io e Charles non eravamo poi così dissimili. Anche se non provenivo certo da una famiglia povera, la nonna mi aveva insegnato a essere umile, anche quando gli altri mi elogiavano. Il suo motto è sempre stato che sul palco si può recitare, ma nella vita reale bisogna essere onesti e sinceri. Forse Charles era stato cresciuto secondo principi analoghi, anche se personalmente trovavo Cliffside un po' eccessivo come esempio di vita reale.

Charles non disse una sola parola durante il

viaggio in macchina e rimase in silenzio anche mentre salivamo le scale fino al terzo piano.

«Io abito qui» disse infine, infilando la chiave nella toppa.

Appena aprì la porta venimmo accolti calorosamente da un cagnolino iperattivo che abbaiava furiosamente, così emozionato di vederci che fece la pipì sul pavimento proprio accanto ai nostri piedi.

«Mi dispiace!» sospirò Charles prendendo un rotolo di carta assorbente dal tavolo. «A volte si esalta un po' troppo.»

«Me ne sono accorta.» Accarezzai delicatamente il cagnolino sulla testa, ma resistetti all'impulso di prenderlo in braccio: non ero dell'umore giusto per farmi fare la pipì addosso.

In ogni caso, c'era qualcosa di strano. Charles era arrivato già da qualche mese, ma con una rapida occhiata al suo appartamento notai che gli scatoloni chiusi erano ben più numerosi che non i mobili e gli oggetti per la casa. E allora perché si era già preso un cane? E cosa faceva quella bestiola tutto il giorno mentre lui lavorava per l'incredibile numero di ore che Thompson richiedeva agli associati?

Charles finì di ripulire, si lavò le mani e mi fece cenno di accomodarmi sulla solitaria brandina posizionata contro il muro del soggiorno.

«Dov'è tutta la tua roba?» chiesi nel tentativo di fare due chiacchiere, sentendomi ben più che un filino nervosa quando lui si sedette accanto a me sulla brandina troppo corta.

Ci saltò su anche il cagnolino quando Charles diede un paio di colpetti accanto a sé.

Mi rispose facendo spallucce; non sembrava minimamente imbarazzato dalla mia domanda. «Ho venduto tutto prima di trasferirmi e non ho avuto molto tempo per fare acquisti da quando sono arrivato.»

Aveva senso. Era arrivato nel Maine dalla California e, per quel che ne sapevo, non aveva parenti nelle vicinanze. Non capirò mai perché qualcuno che vive in un posto dove c'è sempre il sole se ne vada per rifugiarsi in una piccola città del Maine, ma ero comunque felice che si fosse trasferito a Blueberry Bay.

Il cagnolino, uno Yorkshire Terrier, correva gioiosamente in tondo passando dal grembo di Charles al mio senza mai fermarsi. Era chiaro che quel poveretto non riceveva le attenzioni di cui aveva bisogno.

«Se sei così impegnato, perché ti sei preso un cane? Non è molto giusto nei suoi confronti.» Non volevo suonare accusatoria, ma dovendo occuparmi di Gattavius sapevo bene che gli animali detestano restare da soli a casa tutto il giorno. Non c'era da stupirsi che il piccoletto facesse la pipì sul pavimento non appena Charles rientrava.

«No, sta da me solo momentaneamente» rispose accigliato. «E prima che tu dica altro, so di non avere abbastanza tempo per occuparmi di un cane ma... beh, è una lunga storia ed è per questo che ti ho chiesto di venire.»

Aveva decisamente catturato la mia attenzione, ma prima di soddisfare la curiosità dovevo mettere in chiaro la questione: «Non mi hai chiesto di venire qui!» dissi lanciandogli un'occhiataccia. «Mi hai costretta.»

Il suo bel volto assunse un'espressione corrucciata: «Mi dispiace. Sul serio. È solo che... non sapevo che altro fare per convincerti e... la situazione è disperata.» Almeno aveva la decenza di mostrarsi dispiaciuto.

Annuii anche se non capivo di cosa stesse parlando. Ovviamente, *non gli passava neanche per l'anticamera del cervello* che sarei stata ben felice di andare con lui ovunque, se solo me l'avesse chiesto gentilmente.

Accarezzando il setoso pelo grigio e fulvo del cagnolino, Charles iniziò a raccontare: «Lui è Yo-Yo. Non è mio, l'ho trovato.»

Mi misi subito in modalità risolvo-tutto-io: «Da quanto tempo? Hai contattato il rifugio per animali? Sono certa che qualcuno sente la sua mancanza e spera che faccia ritorno a casa.»

Charles scosse il capo e si schiarì la gola, spostando lo sguardo da me a Yo-Yo. Infine disse: «No. I suoi proprietari sono morti.»

Mi scostai un po' da lui: «Cosa? E come fai a saperlo se l'hai trovato per caso?»

«Qui c'è l'indirizzo.» Indicò la medaglietta sul collare dello Yorkshire. «E so che i suoi padroni sono morti perché mi occupo della difesa dell'uomo accusato di averli uccisi.»

Avevo sentito più che abbastanza. Balzai in piedi e strillai: «Ehi, ehi, aspetta un attimo! Forse non sono nella posizione di poter parlare di etica, ma questa situazione è sbagliata sotto ogni punto di vista. Cosa speri di ottenere tenendo prigioniera quella povera bestiolina?»

Charles si alzò a sua volta tenendo Yo-Yo stretto a sé con un braccio e allungando l'altro verso di me. Mi scostai bruscamente prima che riuscisse a sfiorarmi: l'ultima cosa di cui avevo bisogno in quel momento era di soccombere al richiamo degli ormoni.

«Il mio cliente non ha ucciso i proprietari di Yo-

Yo» disse. I suoi occhi imploranti mi scongiuravano di capire. «È innocente.»

«Ok, tutti si dichiarano non colpevoli, ma sai una cosa? Solitamente invece lo sono.» Per un istante pensai di afferrare Yo-Yo e darmela a gambe. Povero cagnolino! Prima i suoi padroni erano stati uccisi, poi, chissà come, era finito nelle mani dell'uomo che difendeva il loro assassino.

«No, non è così!» insistette Charles. «*So* che non è stato lui, ma le prove sono schiaccianti. Come ti ho detto, la situazione è disperata. Così, quando ti ho sentita parlare con il gatto, ho pensato che... beh, ecco... che forse sei la risposta alle mie preghiere. Potresti salvare un innocente da una vita in cella e contribuire a fare giustizia per i proprietari di Yo-Yo.»

Valutai la possibilità di negare ancora, di insistere sul fatto che ciò che mi chiedeva di fare era assolutamente impossibile, ma Charles sembrava avere davvero bisogno di aiuto e Yo-Yo scelse proprio quel momento per iniziare a mugolare e fissarmi con occhioni sgranati e dolcissimi.

«*E va bene!*» strillai risedendomi sulla brandina. «Vedrò cosa posso fare.»

Il sollievo sul volto di Charles era evidente. Si chinò al mio fianco e mormorò: «Grazie! Sei la mia salvatrice!»

«Sì, beh, non ho ancora fatto niente» borbottai. Quella situazione non mi piaceva affatto.

«Il solo fatto che tu voglia provarci significa molto per me» disse Charles e per un istante percepii qualcosa fra noi.

Amore?

Desiderio?

Lo strano legame tra rapitore e vittima?

Non ne avevo la minima idea.

Lui si rialzò e appoggiò Yo-Yo accanto a me sulla brandina. Il cagnolino mi saltò in grembo e iniziò subito a leccarmi il viso scodinzolando forte.

«Ehi, Yo-Yo» dissi, sentendomi estremamente insicura. L'unico animale con cui avevo mai parlato era Gattavius ed era stato lui a rivolgermi la parola per primo. Provarci ora con Yo-Yo mi sembrava innaturale, una completa follia, ma dovevo fare comunque un tentativo, per il bene di Charles e del suo cliente. E anche per Yo-Yo.

«So che hai perso i tuoi padroni» dissi lentamente, in tono calmo. «Sai dirmi cos'è successo?»

Lo Yorkshire continuò a leccarmi il viso senza dar segno di rallentare, così lo sollevai e lo appoggiai sul pavimento per vedere se questo lo avrebbe aiutato a concentrarsi.

«Cos'è successo ai tuoi padroni?» chiesi di nuovo. «Qualcuno li ha uccisi?»

Yo-Yo uggiolò allegramente, risaltò sulla brandina accanto a me e pensò bene di inzupparmi la mano con un litro di bava.

«Cosa dice?» chiese Charles impaziente. Il suo entusiasmo rendeva tutto ancora più frustrante. Avevo sempre odiato deludere gli altri. Anche un potenziale ricattatore.

«Abbaia» mi limitai a dire.

«Ok, ma che significa?»

«Non lo so» ammisi.

Il suo volto rispecchiava la delusione che provava: «Ma credevo che sapessi parlare con gli animali...»

«Parlo con il mio gatto, tutto qui.»

«Perché non riesci a parlare con Yo-Yo?» Era una domanda da un milione di dollari. Avevo smesso di interrogarmi sulla mia sanità mentale per il fatto di riuscire a parlare con Gattavius, ma non avevo idea del motivo per cui ci riuscissi o della portata di quel potere.

Sollevai i palmi e mi strinsi nelle spalle: «Non lo so, ma ci sto provando.»

«Impegnati di più!» mi spronò. «È fondamentale che tu ci riesca»

«Ho detto che ci sto provando» mormorai a denti

stretti. Poi tornai a rivolgermi a Yo-Yo con tutta la gentilezza di cui ero capace. «Ehi piccolino, sarebbe di grande aiuto se ti confidassi con me. Perché non mi dici cosa ne pensi davvero del tipo con cui vivi ora?»

Indicai Charles e feci una faccia buffa, ma come unico risultato Yo-Yo addentò il mio maglione e gli diede uno strattone.

«Ehi, smettila!» gridai, ma questo lo convinse solo a tirare più forte. Quando infine riuscii a staccarlo dall'indumento, i fili erano stati tirati in modo irreparabile. Balzai in piedi prima che potesse distruggere ulteriormente i miei abiti o altre parti di me.

«Che cosa ha detto?» chiese Charles, gli occhi verdi colmi di speranza.

«Che gli hai portato la ragazza sbagliata. E che gli piace il mio maglione, ma gli farà comunque fare una fine orribile.»

«Proprio come è accaduto ai suoi padroni» commentò Charles in tono inespressivo.

Ok, ora mi sentivo in colpa, ma questo non cambiava il fatto che non riuscivo a parlare con Yo-Yo. Ci avevo provato e non aveva funzionato. Era il momento di passare oltre.

«Non so cosa dice. In realtà non so neanche se dice effettivamente qualcosa» spiegai nella speranza che Charles mi credesse e lasciasse perdere. «Suppongo di non saper parlare con i cani.»

«Ma parli con i gatti, giusto?»

Mi strinsi nelle spalle, ma lui sembrò prenderlo per un sì.

«Ottimo!» dichiarò mentre passava in rassegna un cassetto pieno di cianfrusaglie da cui estrasse un lungo guinzaglio nero. «Andiamo Yo-Yo! Faremo una bella passeggiata» esclamò con una vocetta acuta. «Hai voglia di fare un giretto?»

«Io torno al lavoro» dissi trascinandomi stancamente verso la porta. «Vi auguro buona passeggiata, ovunque siate diretti.»

«Spiacente, non puoi» rispose Charles mentre lo Yorkshire correva furiosamente in cerchio abbaiando come un pazzo in una dimostrazione di massimo entusiasmo. «Devi venire con noi.»

Incrociai le braccia e li fissai con diffidenza: «E perché?»

«Perché andiamo a casa tua a parlare con il tuo gatto» mi spiegò Charles prendendo in braccio Yo-Yo e agganciandogli il guinzaglio al collare.

A casa mia?

Accidenti. A Gattavius la cosa non sarebbe piaciuta affatto!

3

L'appartamento di Charles distava meno di tre chilometri da casa mia, così arrivammo in un batter d'occhi.

Quando aprii la porta Gattavius mi stava aspettando con un'espressione estatica sul muso.

«Finalmente!» piagnucolò. «Stavo morendo di sete.»

Ma la sua espressione mutò rapidamente in profondo sdegno quando Yo-Yo entrò in casa e gli stampò un grosso bacio bavoso dritto sul naso.

Charles lo allontanò strattonando il guinzaglio e lo prese in braccio.

Gattavius tremava di rabbia; una goccia di bava canina gli colò lungo il muso e cadde sul tappeto.

«Perché mi fai questo? Non ne ho già passate abbastanza per oggi? Prima la mosca e ora un... un... un *cane?*» Sputò fuori quell'ultima parola come se fosse l'insulto più disgustoso che potesse immaginare.

«Che cosa dice?» chiese Charles, affascinato.

«È arrabbiato con me» ammisi. «E non è contento della presenza di Yo-Yo.»

Gattavius inarcò la schiena e soffiò: «Puoi dirlo forte!» borbottò. Poi si diresse in cucina e saltò sul tavolo.

«Dacci un minuto, per favore» bisbigliai a Charles prima di raggiungere il tigrato furioso nell'altra stanza.

Gattavius spiccò un lungo balzo dal tavolo al bancone della cucina, dove si sedette sbattendo nervosamente la coda. «Da non credere» ringhiò senza neanche degnarmi di uno sguardo.

Sapevo di essere in torto, ma Charles non mi aveva dato scelta: se qualcun altro fosse venuto a sapere che ero in grado di parlare con i gatti avrei perso il lavoro, sarei diventata un fenomeno da baraccone e forse avrei dovuto lasciare l'unico luogo in cui mi sentissi a casa e dove vivevo da sempre, per iniziare una nuova vita altrove, dove nessuno fosse a conoscenza del mio segreto.

Speravo che, dopo avergli spiegato la situazione, Gattavius avrebbe capito che non avevo avuto altra scelta, ma prima dovevo trovare il modo di dare a Charles le risposte che cercava. Così avrei eliminato la spada di Damocle che mi pendeva sulla testa e Gattavius si sarebbe limitato ad arrabbiarsi con me per le normali questioni quotidiane.

Presi una bottiglia di Evian e una tazza da tè di porcellana dalla credenza; faceva parte di un servizio appartenuto alla sua proprietaria precedente, Ethel, che utilizzavo esclusivamente per lui. Dopo avergli messo davanti la tazza di acqua pulita, mi sbarazzai in tutta fretta della mosca morta.

Gattavius diede una rapida leccata all'acqua e si ritirò in camera da letto senza nemmeno un cenno di ringraziamento.

«Prego!» gli gridai dietro accigliata. Accidenti, sembrava che quel giorno non piacessi a nessuno.

«Come procediamo?» chiese Charles chinandosi per sganciare il guinzaglio a Yo-Yo.

«No, aspetta!» gridai. Ma era troppo tardi.

Il cagnolino sfrecciò immediatamente in camera da letto abbaiando come un forsennato. Un verso di terrore a metà tra un ringhio, un soffio e un miagolio riecheggiò nell'appartamento e un istante dopo apparve Gattavius, il pelo della coda talmente ritto da farlo sembrare un procione.

«*Ti odio!*» gridò, schizzando per tutta la casa con il cane sempre alle calcagna.

«Prendilo!» strillai a Charles, che tentò di acchiappare il cane esagitato senza riuscirci.

«Ehi, Yo-Yo!» lo chiamai fiondandomi in cucina. «Vuoi un premietto?»

Lo Yorkshire si voltò all'istante e mi seguì trotterellando, con una gioiosa serie di acuti latrati. Aprii il frigo e gli offrii una fettina di prosciutto, che divorò mentre Charles gli riagganciava finalmente il guinzaglio al collare.

«Che scena!» commentò con una risatina di sfinimento.

«Io non riderei, se fossi in te» lo ammonii. «Ci vorrà un'eternità perché il mio gatto mi perdoni.»

Charles mi fissò confuso.

«E fino ad allora non sarà disposto ad aiutarci. Non ne sai proprio nulla di gatti?» borbottai a dispetto del fatto che nemmeno io sapevo nulla di gatti fino a pochi mesi prima.

Chinò il capo ed emise un lungo sospiro, l'espressione giustamente contrita: «Mi dispiace. Cosa dovremmo fare?»

«Ora non *faremo* proprio niente. *Tu* porti Yo-Yo a fare un giretto. Io invece dovrò andare da Gattavius, supplicarlo in ginocchio ed eventualmente offrirgli il mio primogenito come schiavo sperando che questo basti a convincerlo a rivolgermi di nuovo la parola.»

Sul volto di Charles balenò un sorriso, ma si ricompose all'istante alla vista della mia espressione gelida.

«Oh, ok. Andiamo, Yo-Yo» disse strattonando il cagnetto verso la porta.

«E non tornare finché non ti dico che è tutto a posto» gli gridai dietro.

«Non sarà mai tutto a posto!» soffiò Gattavius riemergendo da chissà quale nascondiglio. «Perché mi fai una cosa del genere?»

«Mi dispiace, non era mia intenzione» mi affrettai a spiegare. «Mi ha costretta lui.»

Gattavius frustava l'aria con la coda, quasi tornata alle dimensioni normali: «E quindi mi hai svenduto per il primo ragazzo che passa!» gridò disperato. «Pensavo che fossimo amici! Pensavo che fossimo una famiglia!»

Mi si strinse il cuore. Di solito non mi lasciavo influenzare troppo dalle sue scenate istrioniche, ma quelle parole mi ferirono. Ecco cosa succede quando confidi al tuo gatto di esserti presa una cotta. Stava facendo progressi nel distinguere gli esseri umani e ora riusciva a riconoscere correttamente maschi e femmine quattro volte su cinque. Ovviamente quando si era trattato di identificare l'assassino della sua ex proprietaria non c'era stato verso, ma ora che si trattava di scoprire per chi avevo una cotta era andato a colpo sicuro. Non fa una piega, no?

«Non lo farei mai!» ripetei. «Ci ha beccati mentre parlavamo su FaceTime e mi ha costretta ad aiutarlo.»

Gattavius rise amaramente: «Ti ha beccata per puro caso, eh? *Menzogne!* Siamo seri, Angela, a chi la racconti?»

Raramente mi chiamava per nome, e ancor più di rado con il mio nome di battesimo. Ero proprio nei guai! Qualcuno si sarebbe sicuramente trovato del vomito nelle scarpe al risveglio e sfortunatamente quel qualcuno ero io.

«Ascolta» dissi cercando di farlo ragionare. «Sono certa che tu avresti gestito la situazione in un altro modo, ma le cose stanno così. Charles vuole che parliamo con quel cane per scoprire come sono morti i suoi proprietari, in modo da poter difendere il suo cliente accusato ingiustamente dell'omicidio.»

Gattavius annuì ma mantenne l'espressione fredda, gli occhi ridotti a fessure. Di recente aveva visto numerose repliche di *Law & Order* nello sforzo di comprendere meglio il mio lavoro ed ero lieta di constatare che aveva imparato abbastanza da comprendere il gergo legale necessario per farsi un'idea chiara della situazione.

«Ok, ho capito» disse dopo una pausa di riflessione. «Ma perché non ci parli tu? Perché mi hai trascinato in questa pagliacciata?»

«Perché,» gemetti augurandomi che una volta tanto mi credesse sulla parola, «non capisco cosa dice Yo-Yo e credo che neanche lui riesca a capirmi.»

«E allora? Non potevi fingere? Per l'amor del cielo, Angie, inventati qualcosa così potremo tornare alla normalità!»

Era davvero confortante scoprire che il mio gatto non aveva problemi a mentire per tirarsi fuori dai guai. Io mi facevo qualche scrupolo in più a mettere in discussione i miei principi morali. E comunque avevo già provato a mentire a Charles e non aveva funzionato.

A quel punto iniziavo a preoccuparmi seriamente per le conseguenze della lunga pausa pranzo. Quanto tempo era passato? Il signor Thompson e gli altri erano già tornati e si erano accorti della mia assenza?

«Non intendo mentirgli» dichiarai decidendo di optare per la strada in salita. «Soprattutto non su un

caso penale. E se il suo cliente fosse davvero innocente? E se fosse costretto a passare il resto della vita
in prigione perché una mia bugia ha mandato a
monte la difesa? Non ci penso proprio.»

Gattavius emise un gemito e sollevò gli occhi al
cielo, un gesto tipicamente umano che aveva imparato da me: «E quindi? Vuoi che ti faccia da tradut-
tore perché non parli canese?»

«Sì, per favore!» Congiunsi perfino le mani. Mi
sarei abbassata a scongiurarlo se necessario e a lui
piaceva vedermi strisciare ai suoi piedi.

Assunse un atteggiamento borioso, lanciandomi
un'occhiata dall'alto in basso. Nel farlo gli si incro-
ciarono gli occhi e dovetti impegnarmi parecchio
per non scoppiare a ridere. «Giusto perché tu lo
sappia, la lingua dei cani è molto più basilare di
quella dei gatti. Va di pari passo con il fatto che
hanno il cervello più piccolo. Se riesci a capire me,
di certo sei in grado di comunicare con quel
semplicciotto.»

«Quindi mi aiuterai?» chiesi, augurandomi che
capisse quanto disperatamente ne avessi bisogno.

«E va bene» ringhiò. «Ma mi devi un favore. *Uno
bello grosso!*»

Mi fiondai alla porta per far entrare Charles e Yo-
Yo prima che cambiasse idea. «Tienilo al guinzaglio

questa volta!» ammonii Charles quando rientrò in casa. «O meglio ancora, prendilo in braccio.»

Charles si sedette sul divano del soggiorno con il cagnolino in grembo. «E ora?» chiese mentre mi accomodavo in poltrona.

«Innanzi tutto, promettimi che non parlerai mai a nessuno di tutto questo.»

Annuì rapidamente, entusiasta: «Lo prometto!»

Annuii a mia volta: «Bene. Non so se funzionerà, ma dammi qualche minuto e lo scopriremo.»

Charles rimase in silenzio, gli occhi fissi su di me. Sembrava quasi provare un certo timore nei confronti di Gattavius e a me andava bene così.

Mi rivolsi al mio amico tigrato e dissi: «Potresti chiedere a Yo-Yo cos'è successo ai suoi proprietari?»

Gattavius saltò sul tavolino da caffè e si posizionò di fronte al cane prima di rivolgergli la domanda.

Yo-Yo rispose con un piccolo abbaio gioioso, poi iniziò ad ansimare. Gattavius tradusse: «Dice che i suoi padroni sono le persone più meravigliose del mondo e che anche il tipo con cui vive adesso non è male, però gli manca la sua famiglia e vorrebbe tornare a casa.»

«Ha detto tutto questo?» Per tradurre, Gattavius ci aveva messo dieci volte il tempo che Yo-Yo aveva impiegato per rispondere.

«Te l'ho detto» disse Gattavius prendendosi una breve pausa per leccarsi una zampa. «Il canese è estremamente basilare. Letteralmente ha detto qualcosa tipo 'migliori di tutti, mancano' ma quando si ha a che fare con i cani bisogna aggiungere un livello di entusiasmo ridicolo per arrivare a capire il senso di ciò che dicono. È estenuante, te lo garantisco.»

«Cosa hanno detto?» chiese Charles.

«*Shhh*» soffiammo all'unisono io e Gattavius.

Charles risprofondò nel divano e rimase a guardarci, affascinato e intimorito.

Tornai a rivolgermi al mio gatto: «Gli puoi chiedere se era presente quando i suoi padroni sono stati assassinati?»

Quando Gattavius gli rivolse la domanda, Yo-Yo si lanciò in una lunga serie di grida acute e artigliò le gambe di Charles nel tentativo di fuggire in preda al panico.

«Accidenti, che succede?» strillai. Anche Charles proruppe in un: «Che diavolo sta succedendo?»

Guardai Gattavius in attesa di spiegazioni. I suoi occhi si fecero enormi mentre rispondeva: «Dice che i suoi padroni non sono morti e dargli a intendere che lo siano è uno scherzo orribile e crudele.»

Insomma, non ci sarebbe stato verso di usare ciò che sapeva Yo-Yo per la difesa del cliente di Charles:

il povero cagnolino reagiva come se lo stessero ucci-
dendo solo a menzionare la loro dipartita. Come
avrebbe potuto darci informazioni utili se non si
rendeva neanche conto che erano morti?

Una cosa era certa: non sarei stata io a spezzare il
suo piccolo cuore canino!

4

Fissavo impotente Charles che si passava le mani fra i capelli, afflitto.

«Non so più cosa fare» ammise con un profondo gemito gutturale. «Quando ho scoperto di cosa sei capace, ero certo che fosse stato il destino a metterti sulla mia strada e che tu fossi la chiave per vincere questo caso.»

Ancora seduta, mi chinai in avanti e gli appoggiai una mano sul ginocchio; bastò quel minuscolo contatto a farmi percepire un fremito dalla punta delle dita fin nel profondo del petto. «Forse potrei trovare un altro modo per aiutarti. Ma c'è ancora una cosa che proprio non riesco a capire.»

Sollevò la testa e mi fissò, in attesa che proseguissi; piccole rughe gli solcavano la fronte.

Mi schiarii la gola e chiesi: «Se sei così sicuro che il tuo cliente sia innocente, com'è possibile che tu non abbia trovato nessun modo per difenderlo se non parlare con il cane delle vittime?»

Charles si riappoggiò allo schienale della sedia passandosi di nuovo una mano fra i capelli e spargendo intorno a sé profumo di shampoo e pino. «Perché tutti hanno già deciso che è colpevole.»

«Tranne te» commentai.

Charles sospirò: «A quanto pare.»

«Ok, raccontami tutta la storia. Che cos'è successo? Perché tutti sono così sicuri che il tuo cliente sia colpevole? E mi piacerebbe anche sapere come ha fatto Yo-Yo a finire a casa tua.»

Gattavius si accomodò sulla sedia accanto a me: «Questo vorrei saperlo anch'io.»

Restammo entrambi in attesa mentre Charles si ricomponeva a sufficienza da raccontarci l'intera storia.

«Se comincia con 'Era una notte buia e tempestosa' giuro che vomito» commentò Gattavius con un gigantesco sbadiglio.

«Taci!» rimbeccai il tigrato impaziente, lanciando uno sguardo contrito a Charles. «Ti chiedo scusa. Avanti, racconta.»

Lui inclinò il capo e ci fissò per qualche istante: «Che cosa ha detto?»

«Meglio che non te lo dica» borbottai strofinando Gattavius in modo più energico di quanto gradisse per fargli capire che doveva comportarsi bene.

Charles si soffermò a osservare il gatto mentre iniziava a descrivere il delitto: «Li hanno trovati una mattina. Le vittime, Bill e Ruth Hayes, avevano appena messo in vendita la casa. Pare che avessero fatto un'offerta per una casa nuova e che fosse già stata accettata, quindi avevano bisogno di concludere la vendita in fretta; così era stata organizzata un'open house proprio per quel giorno. In quella zona è raro che ci siano proprietà in vendita, quindi il fatto aveva suscitato grande interesse. C'erano almeno una dozzina di coppie a vedere la casa e una di esse ha trovato i corpi delle vittime nella cabina armadio della camera da letto al primo piano.»

«Ok, molte persone presenti significa molti possibili sospettati. Perché la colpa è ricaduta proprio sul tuo cliente?»

«Quelli della scientifica hanno detto che erano morti circa dieci ore prima del ritrovamento. E il martello del mio cliente è l'arma del delitto. Insieme a sua sorella, lui era l'unica persona a poter accedere alla casa e a cono-

scere il codice per disinnescare il sistema di sicurezza.»
La sua espressione era tetra mentre mi svelava quei
dettagli; ma più andava avanti, più mi sembrava di aver
già sentito quella storia. Non avevo svolto ricerche per
quel caso sul lavoro, ma ero già a conoscenza dei fatti.

«Aspetta, si tratta del caso Brock Calhoun? Ne ho
sentito parlare al telegiornale.» Non ero certa che
Charles sapesse che mia madre era la conduttrice del
notiziario locale e che fosse in parte a causa sua che
tutti ritenevano colpevole il suo cliente. Decisi di
tralasciare la questione per il momento: in caso
contrario non mi avrebbe permesso di aiutarlo ed era
evidente che gli servisse tutto l'aiuto possibile.

Charles annuì: «Lui e sua sorella Breanne si occu-
pavano della vendita della casa. E qualcuno ha usato
il martello di Brock per colpirli a morte.»

«Accidenti! Non si mette bene per il tuo cliente.»
Lanciai un'occhiata a Yo-Yo, che ora sonnecchiava ai
piedi di Charles. Fortunatamente non sarebbe
comunque riuscito a capire di cosa stavamo parlando.
Nessuno vorrebbe mai immaginarsi le persone che
ama andare incontro a una fine così cruenta e quel
cagnetto, in particolar modo, non sembrava in grado
di sopportare un'idea tanto straziante.

Anche Charles gli rivolse uno sguardo prima di
tornare a fissarmi negli occhi: «Come ti ho detto,

l'opinione pubblica ha già deciso che sia colpevole e ora l'intera comunità sta facendo pressioni richiedendo una condanna rapida e una pena esemplare.»

Cercando di mantenere un'espressione neutra domandai: «Cosa ti fa credere che sia innocente?»

«In parte, il fatto che le prove sono ampiamente circostanziali. Un altro motivo è che la gente sembra aver deciso che è colpevole solo perché era un tipo turbolento ai tempi delle superiori. E poi...» Sembrava combattuto se proseguire o meno.

«Puoi dirmelo» lo incoraggiai con quello che speravo fosse un sorriso rassicurante.

Si strinse nelle spalle: «Beh, è una sensazione che provo quando parlo con lui. So che dice la verità quando afferma di non essere stato lui a farlo.»

Gli diedi un altro colpetto sul ginocchio cercando di sdrammatizzare: «Seguite anche corsi di intuito alla facoltà di legge?»

Ma la battuta non sortì nessun effetto su di lui.

Gattavius invece sospirò e disse: «Doveva essere divertente? Urge che ti procuri un libro sull'umorismo, una guida di autoaiuto, qualcosa!»

Charles scosse il capo, accigliato: «So che sono nuovo del posto, ma mi sembra ridicolo che delle questioni adolescenziali di dieci anni fa gli facciano rischiare la prigione a vita. Sono d'accordo che non è una bella cosa fare il bullo con i compagni di classe, ma non significa essere degli assassini.»

Annuii. Mi ricordavo di Brock a scuola. Aveva un anno più di me e sì, era un idiota ma, proprio come aveva detto Charles, non me lo vedevo nei panni dell'assassino.

«Hai detto che gli Hayes sono stati uccisi a martellate, giusto? Sembra decisamente un delitto passionale. Che motivi avrebbe potuto avere Brock per ucciderli, soprattutto in modo così brutale e a distanza ravvicinata?»

Charles si sollevò di scatto: «Questo è il punto cruciale della mia difesa: l'assenza assoluta di movente, pur avendo i mezzi e l'opportunità.»

«E la polizia non è d'aiuto?» Ripensai all'incontro con l'ufficiale Bouchard e la sua collega qualche mese prima. Mi avevano salvato la vita senza un attimo di esitazione. Era davvero possibile che ora le forze dell'ordine voltassero le spalle a Brock nel momento del bisogno?

Charles rise amaramente: «Magari lo fosse! Dopo aver effettuato l'arresto, si sono fatti da parte. E questo è l'aspetto peggiore della storia. Come fa il sistema giudiziario a fare bene il proprio lavoro se la polizia non fa il suo?»

«Sì, sì, sì sì» si lamentò Gattavius enfatizzando le

parole con gli scatti della coda. «Continua a non dirci la cosa più importante. Come ha fatto quel pericolo pubblico a finire da lui?»

«E Yo-Yo?» chiesi a Charles piazzando una mano sul tigrato seduto accanto a me per tenerlo buono.

«Questa è la cosa più strana. La mattina dell'open house era sparito. Tutti hanno dato per scontato che fosse scappato ma la scorsa settimana, quando mi sono recato a casa degli Hayes alla ricerca disperata di inizi o piste da seguire, l'ho trovato sul portico che abbaiava per farsi aprire.»

Ok, era strano, ma non spiegava perché Charles lo avesse tenuto con sé per tutto quel tempo. «E hai pensato che rubarlo fosse l'idea migliore?»

Si affrettò a difendersi: «No, no, certo che no.» Ma non me la dava a bere.

«E allora perché ce l'hai ancora tu?»

«Beh, era già piuttosto tardi, così ho pensato di portarlo al rifugio per animali la mattina dopo. Ma Thompson mi ha convocato in ufficio all'alba per discutere del caso e avevo proprio bisogno del suo aiuto, così ho deciso che me ne sarei occupato subito dopo il lavoro.»

Su questo non potevo ribattere: conoscevo Thompson e sapevo quanto fosse esigente. «E fammi indovinare: poi era di nuovo troppo tardi?»

Charles annuì con enfasi: «Esatto, e più il picco-letto restava con me, più mi ci affezionavo. E più diventava difficile mollarlo al rifugio o confessare di averlo tenuto con me per tutto quel tempo.»

«Però non è stato sempre con te» puntualizzai. Charles aveva preso Yo-Yo da meno di una settimana: dov'era stato il cagnolino fino ad allora? Era passato un pezzo prima del ritrovamento.

«Un motivo pessimo per tenere un cane» disse Gattavius con un sogghigno. «Devi toglierti immedia-tamente questo tizio dalla testa. Non puoi certo metterti con uno a cui piacciono i cani, Angela! Non deve succedere, chiaro?»

Sentii le guance arrossarsi per l'imbarazzo, poi mi ricordai che Charles non capiva cosa diceva Gattavius e ringraziai il cielo per questo!

«Va tutto bene?» chiese Charles fissando di nuovo prima me e poi il gatto.

Yo-Yo scelse proprio quel momento per svegliarsi dal pisolino; avvistò il felino seduto a poca distanza e riprese ad abbaiare incessantemente, come se non avesse mai smesso.

«Non è piacevole?» ringhiò Gattavius saltando sullo schienale della mia sedia e usandomi come scudo umano. «Quel cane non mi piace, e nemmeno il tuo ragazzo.»

«Non è il mio ragazzo» lo corressi senza riflettere.

Questa volta fu Charles ad arrossire. *Accidenti!*

«Potresti smetterla di mettermi in imbarazzo davanti a lui?» bisbigliai severamente al tigrato.

Gattavius rise; non aveva intenzione di cedere o di scusarsi.

«In ogni caso,» disse Charles prendendo in braccio il rumoroso cagnolino, «credi di potermi aiutare con...?» Continuò a parlare ma non riuscii a sentire altro perché Gattavius aveva scelto proprio quel momento per lanciarsi in uno dei suoi monologhi: «Charles è un nome troppo di classe per questo babbeo» dichiarò, pensieroso. «È più un nome da appassionato di gatti, ma un amante dei gatti di certo non mi tormenterebbe portandomi in casa Yo-Yo l'id*yo-yo*ta!»

«Tieni per te i tuoi commenti» lo scongiurai cercando di riportare l'attenzione su Charles.

«Gli troverò un soprannome, qualcosa di più adatto a lui.»

«Sì, magnifico, ne parliamo più tardi» mugugnai. «Scusami, Charles. Puoi ripetere?»

«Certo. Speravo che mi potessi dare una mano con...»

«Quale potrebbe essere il nomignolo giusto? Charles di solito si abbrevia in Charlie o Chuck...

Mmm. Ma per un somaro del genere direi... Chuck il Ciuco! Lui e il suo cane mi danno il voltastomaco.»

Ero quasi riuscita a escludere la voce di Gattavius dalla mia mente, quando lui iniziò a gridare a pieni polmoni: «Sì, Chuck il Ciuco! È il soprannome perfetto per lui. Chuck il Ciuco, Chuck il Ciuco, Chuck il Ciuco!» iniziò a cantare a squarciagola, estasiato, al massimo volume che i polmoni gli permettevano.

E non si limitò a dirlo tre o quattro volte. Era già alla cinquantesima quando Charles mi chiese: «Cosa significano tutti questi miagolii? Non avevo mai visto un gatto così loquace!»

«*Ehm...* vuole sapere se hai un soprannome» abbozzai. *Cosa?* Beh, in parte era vero. Anche se non me la cavavo molto bene a mentire, detestavo ferire così gratuitamente i sentimenti altrui.

Questa volta Charles sorrise: «Certo» rispose, gli occhi che indugiavano nei miei. «Essendo Charles III, in famiglia mio nonno è Charles, mio padre è Charlie e io sono Chuck. Puoi chiamarmi così anche tu quando non siamo in ufficio. Voglio dire, se preferisci.»

Era *ovvio* che il suo soprannome fosse proprio Chuck. Non avrebbe potuto essere altrimenti.

Gattavius rischiò di morire dal ridere.

5

Nonostante tutto, io e Charles, che con tutto l'impegno proprio non riuscivo a chiamare Chuck, arrivammo allo studio legale prima che gli altri facessero ritorno da quel lunghissimo pranzo di lavoro.

Lui si chiuse nel suo ufficio per il resto della giornata, mentre io feci qualche ricerca su vecchi casi che potessero risultare utili per la difesa di Brock Calhoun dall'accusa di doppio omicidio. Probabilmente Charles li aveva già visionati tutti, considerando che era così disperato da pensare di utilizzare la mia capacità di parlare con gli animali per trovare possibili piste. Ciò nonostante, fare qualcosa di concreto per dargli una mano mi faceva sentire meglio.

A fine giornata arrivò il postino che mi consegnò una spessa pila di corrispondenza, fatture e volantini. Dopo aver gettato i materiali pubblicitari nel cesto della carta da riciclare, feci il giro dell'ufficio per consegnare la posta ai destinatari.

A Charles sfuggì un gemito quando gli consegnai la sua parte di corrispondenza nell'ufficio che condivideva con Derek. Prima del suo arrivo quella era stata la scrivania di un associato di nome Brad, che però era stato licenziato qualche mese prima per cattiva condotta sul posto di lavoro, un modo gentile per dire che era il peggior coglione sessista che si possa immaginare.

«Un'altra lettera minatoria, suppongo» disse Charles con un sospiro osservando il timbro postale. «Grandioso. Questa arriva da Misty Harbor.»

«Lettere minatorie? Stai scherzando?» Mi sedetti sulla scrivania vuota di Derek, che doveva essere uscito in anticipo. In ogni caso, ero grata di poter passare un po' di tempo da sola con Charles. Lo avevo già perdonato per avermi ricattata quella mattina. Forse dovevo rivalutare le mie scelte di vita o, forse, era semplicemente impossibile restare arrabbiata con una persona tanto abbattuta.

«Magari fosse così» disse mentre apriva la busta e tirava fuori il foglio piegato al suo interno. Lo lesse rapidamente e me lo porse. «In questo periodo capita spesso.»

Il breve messaggio era stato stampato in caratteri tipografici con grazie; il mittente non aveva firmato. Il concetto generale era *"dovresti vergognarti di te stesso"*, ma c'erano anche minacce di picchettaggio al processo e di fare richiesta all'Ordine degli avvocati affinché gli venisse revocata la licenza per esercitare.

«Ma sul serio?» chiesi scuotendo il capo e restituendogli la lettera. «La gente dice cose assurde!»

«E se io ne ricevo così tante, posso solo immaginare quante ne spediscano a Brock.» Charles appallottolò il foglio e lo gettò nel cestino dei rifiuti.

Non c'era da stupirsi che fosse così sconsolato. Non vedevo i miei concittadini così infuriati da quando un noto calciatore era stato sospeso per spaccio di droga alle matricole. Gli erano state revocate le offerte per il college, le borse di studio per meriti sportivi e perfino il titolo di re del ballo scolastico.

E si trattava di droga, non di omicidio.

La situazione per Brock sembrava tutt'altro che rosea. Nelle piccole città la gente non dimentica e ciò significava che, anche se fosse stato giudicato innocente, la sua reputazione sarebbe stata macchiata per sempre e probabilmente avrebbe dovuto andarsene e rifarsi una vita altrove.

Poveretto.

«La situazione continua a peggiorare» disse Charles, la bocca tesa in una linea rigida. «Ho appena scoperto che il canale delle notizie locale dedicherà l'intera serata a uno speciale intitolato *Brock Calhoun: un assassino fra noi.*»

Accidenti, mia madre aveva deciso di fare le cose in grande.

«Potrei fare qualcosa a questo proposito» dissi con una smorfia e un sorriso dispiaciuto.

Si voltò verso di me con gli occhi che gli brillavano per l'emozione: «Ma certo! Perché non ci ho pensato prima? Il commentatore sportivo, Roman Russo... siete parenti, vero?»

«Sì» ammisi a denti stretti. «È mio padre. E Laura Lee è mia madre.»

Il suo entusiasmo si spense all'istante. Solitamente tutti apprezzavano mia madre sia a Glendale che in generale a Blueberry Bay, almeno finché non si trovavano a dover fare personalmente i conti con la sua passione per il giornalismo investigativo.

Inoltre, la maggior parte della gente non ricollegava a me la nota conduttrice del notiziario locale, poiché mia madre aveva deciso di mantenere il proprio cognome da nubile, nella speranza che le conoscenze della nonna nel mondo dello showbusiness potessero contribuire a dare una spinta alla sua carriera.

Si era rivelata una buona strategia, e mamma aveva ottenuto un successo notevole già quando io portavo ancora il pannolino. Di recente però sembrava essersi stufata degli elogi sperticati e delle storielle che costituivano la gran parte delle notizie a Glendale. Non la sentivo da un paio di settimane, ma ero praticamente certa che considerasse il caso di Brock Calhoun un'occasione per attirare l'attenzione a livello nazionale, cosa che avrebbe potuto comportare un avanzamento di carriera sia per lei che per mio padre.

«Lascia che ci parli io» dissi con un sospiro. «Forse riuscirò a convincerla ad andarci piano.»

«Un bel po' più piano» gemette Charles.

Annuii. «Va bene. Non so se riuscirò a contattarla prima dello speciale di stasera, ma prometto che farò il possibile.»

«Grazie.» Con espressione corrucciata Charles iniziò a raccattare documenti dalla scrivania; lo interpretai come un gesto di congedo.

Ero ormai alla porta quando parlò di nuovo: «Angie?»

«*Sì?*» Mi girai di scatto, e il sorriso che scorsi sul suo volto fu una piacevole sorpresa.

«Grazie di cuore» disse. «So che ti ho trascinata in questo caso contro la tua volontà, ma per me significa molto che tu voglia aiutarmi.»

«Non c'è problema» risposi con un ampio sorriso. Lo avevo perdonato del tutto per la questione del ricatto.

Charles tornò a esaminare i documenti che aveva raccolto e io tornai alla mia postazione di fianco all'ingresso. Immediatamente presi il cellulare e inviai un messaggio a mia madre:

SOS. Dobbiamo parlare ASAP. XOXO.

Di solito preferivo evitare le abbreviazioni e utilizzare la punteggiatura come si deve, ma sapevo bene che, più ero stringata, più era probabile che lei rispondesse in fretta. E infatti ricevetti un suo messaggio quasi subito dopo aver cliccato *Invia*.

Cosa c'è che non va? Seguivano una faccina con la testa che esplode e una da alieno, di cui non afferrai molto il senso in quel contesto. E devo ammettere che mi bruciava il fatto che mia madre, una donna di mezza età, fosse molto più aggiornata sul gergo in voga di quanto io non sarei mai stata.

Feci un respiro profondo prima di iniziare a scrivere il messaggio successivo. Avevo catturato la sua attenzione, ma farle cambiare idea non sarebbe stato facile. *Ho bisogno che cancelli lo speciale su Brock Calhoun previsto per oggi.*

Meno di un minuto dopo il telefono iniziò a squillare.

Mia madre sembrava nel panico, cosa che mi mise sulla difensiva.

«Perché dovrei cancellare lo speciale? È uno dei pezzi migliori che abbia mai realizzato!»

Presi a massaggiare con le dita l'attaccatura del naso nella speranza di prevenire l'emicrania che iniziava ad assalirmi. «Non ne dubito mamma, ma il processo non è nemmeno iniziato. Non è giusto aizzare l'opinione pubblica contro di lui ancora prima che abbia avuto la possibilità di difendersi.»

Ti prego, ti prego, ti prego, fa che capisca!

Era difficile immaginare come avrebbe reagito. Non avevamo quello stretto legame emotivo che caratterizza la maggior parte dei rapporti madre-figlia. Lei aveva sempre lavorato duramente e non mi aveva fatto mancare nulla, ma era stata la nonna a crescermi: era con lei che mi confidavo, raccontandole i miei segreti, sogni e paure. Mamma mi aveva sempre sostenuta in tutto ciò che avevo fatto, ma era così impegnata con la sua vita da donna in carriera che spesso, a confronto, il ruolo di madre sembrava una piccolezza.

Penso che il fatto di non essermi ancora sistemata dipendesse in gran parte da questo; e non intendo solo metter su famiglia, ma anche non riuscire a impegnarmi fino in fondo nelle scelte lavorative. Mi piaceva tenermi aperte tutte le strade e dover essere responsabile solo di me stessa (e del mio gatto). Chissà quanto doveva sentirsi sotto pressione mia madre a dover coniugare le esigenze della vita domestica e di quella lavorativa, in particolare quando, come in questo caso, andavano l'una contro l'altra.

«Sappiamo tutti che è stato lui» rispose con un sussurro. «Inoltre, ho sentito che lo speciale potrebbe essere rimandato in onda in tutto lo stato, forse perfino sulla costa est.»

Ispirai bruscamente e sganciai la bomba: «Mamma, lo studio si occupa della difesa e sto lavorando anch'io al caso.»

Passò qualche istante prima che rispondesse e quando lo fece non sembrava affatto convinta di ciò che stava dicendo: «Forse potresti tirarti indietro. Sappiamo bene che fare l'assistente legale non è la tua grande passione, ma il giornalismo è la mia. Per favore, Angie. Non voglio danneggiarti in nessun modo, ma questa è la mia grande occasione, lo capisci?»

«Lo so e non te lo chiederei se non fosse davvero importante.»

«Il programma è già stato annunciato e pubblicizzato» disse lei, la voce più flebile a ogni sillaba.

«Ho visto.» Mi spremetti le meningi in cerca di una soluzione soddisfacente per entrambe e finalmente mi venne un'idea: «Senti, pensi di poter rimandare fino a venerdì? In questo modo avremmo un po' di tempo per lavorare al caso prima che si sollevi il polverone.»

Quando parlò di nuovo sembrava un po' meno incerta: «Ok, ma cosa accadrebbe venerdì?»

Proposi la prima possibilità con molto più entusiasmo di quello che provavo in realtà, ma sarebbe stata la cosa migliore per entrambe e forse dirlo ad alta voce avrebbe reso più probabile riuscirci davvero: «O dimostriamo senza ombra di dubbio che Brock Calhoun non è colpevole e ti diamo l'esclusiva assoluta...»

«Oppure?» Udii un fruscio all'altro capo della linea e mi immaginai la mamma rigirarsi nervosamente sulla poltrona in attesa di sentire cosa avessi da dire.

«Mandi in onda lo speciale così com'è e non farò nulla per fermarti.»

La linea rimase in silenzio per un tempo spaventosamente lungo.

Infine mia madre riprese a parlare con voce più dolce e tranquilla: «Tesoro, ne sei sicura? Sembri davvero preoccupata per questa faccenda.»

Cercai di placare l'ansia. Il conto alla rovescia era iniziato e l'orologio stava già ticchettando: «Sì, ne sono sicura. Grazie mamma. Se qualcuno ti fa storie per questa cosa, mandalo da me.»

Scoppiò a ridere e sentii la tensione sciogliersi e disperdersi come bolle che fluttuano verso il cielo. «Potrebbe succedere» disse con un sospiro. «Ti voglio bene, Angie. Buona fortuna per il caso» aggiunse prima di chiudere la chiamata.

Già, fortuna. Io e Charles ne avevamo davvero bisogno. Ed era anche necessario che due animali parlanti di mia conoscenza mettessero da parte i loro problemi emotivi per aiutarci a trovare nuove piste. In caso contrario, avremmo potuto firmare subito la condanna di Brock, perché non avevamo in mano niente di concreto per difenderlo.

Decisi di fare un salto in gastronomia per comprare dei gamberetti freschi: li avrei usati per tentare di convincere Gattavius a trascorrere un po' di tempo con Yo-Yo. C'era da sperare che il mio amico a quattro zampe amasse i gamberetti più di quanto detestasse i cani.

6

La mattina dopo mi svegliai con un crescente senso di angoscia nel petto. Il fatto che il destino di Brock sembrasse gravare interamente sulle mie spalle mi rendeva difficile respirare.

Non potevo abbandonare né lui né Charles. E in più volevo trovare il vero colpevole e assicurarlo alla giustizia per il povero Yo-Yo, che ancora non sapeva nemmeno che i suoi padroni erano morti.

Rimangiandomi la promessa di non mettere mai più piede in ufficio prima delle nove, mi diressi allo studio prima ancora di riuscire a formulare un pensiero coerente.

Come c'era da aspettarsi, solo Bethany era già arrivata. Non avrei mai capito perché si desse la pena di arrivare così presto ogni santo giorno, ma se non altro sembrò felice di vedermi quando bussai alla porta del suo ufficio per un salutino.

L'aroma stucchevole e ammorbante di agrumi si mescolava al profumo del caffè appena fatto, creando un odore nauseante che mi colpì le narici appena entrata nel suo ufficio. Bethany poteva anche essere diventata più gentile e accomodante, ma una cosa non sarebbe mai cambiata: la sua ossessione per gli oli essenziali. Ma tutti noi abbiamo qualche fissazione e non ero certo nella posizione di giudicare.

Inoltre, per un certo verso, Bethany era diventata la mia eroina.

Dopo che avevo preso la scossa dalla vecchia macchina da caffè, aveva acquistato una Keurig nuova di zecca che teneva nel suo ufficio anziché nell'area relax. Ero ancora terrorizzata da quegli orribili apparecchi in ogni loro forma e versione ma, con mio grande sollievo e sorpresa, Bethany aveva preso l'abitudine di prepararmi una tazza di caffè ogni mattina. Non c'era mai bisogno che glielo chiedessi, o peggio, che dovessi trovare il coraggio di premere io stessa lo spaventoso pulsante.

Ciò l'aveva fatta salire parecchio nel mio personale indice di gradimento dei colleghi.

«Buongiorno» disse con un sorriso pimpante. Supposi che ne avesse già buttato giù almeno due o tre tazze. «Sei arrivata presto oggi.»

«Già» dissi facendo un cenno di saluto con la mano. «Sto cercando di aiutare Charles con il caso Calhoun.»

Bethany si alzò e si diresse alla macchina da caffè. Ero così felice che avrei potuto abbracciarla; ma, anche se stavamo lentamente cercando di fare amicizia, un gesto del genere sarebbe stato quasi certamente più di danno che d'aiuto al nostro rapporto: infatti, avevo notato che evitava abbracci, strette di mano e cose del genere ogni volta che poteva. Forse la questione aveva a che fare con il fatto di essere l'unico associato donna dello studio, o forse lei era fatta così. In ogni caso, lungi da me giudicare la benefattrice che mi riforniva di caffeina cinque giorni a settimana.

«Sai,» disse mentre metteva il caffè nel filtro, «sono rimasta molto sorpresa che Thompson abbia assegnato un caso di tale rilievo all'ultimo arrivato. Sinceramente, penso che avrebbe dovuto occuparsene di persona.»

Mi strinsi nelle spalle: «Forse erano già tutti troppo occupati. Siamo tutti oberati da quando... beh, lo sai.»

Mi si avvicinò di qualche passo e abbassò la voce:

«Lo so, però... che resti tra noi, mi raccomando... io avrei avuto tempo e sono abbastanza certa che anche Derek e altri avrebbero potuto farlo.»

«Dove vuoi arrivare?»

Bethany abbassò ancora di più la voce: «Sto dicendo che, secondo me, Thompson ha assegnato il caso a Charles di proposito, sapendo che probabilmente perderà.»

«E quindi?» Ero giusto abbastanza sveglia da trascinarmi in ufficio, ma non tanto da mettere in moto il cervello: per quello era necessario scolarmi almeno il primo caffè della giornata!

«Beh, pensaci: Charles è arrivato da poco. Nel momento in cui perderà un caso praticamente impossibile, per Thompson sarà una passeggiata licenziarlo e rimuovere l'onta dalla reputazione dello studio.»

«Tipo un agnello sacrificale?» Anche se volevo conferma, sapevo che aveva ragione: il socio senior non era estraneo a questi subdoli giochetti.

I suoi occhi brillavano di una strana luce quando annuì: «Esattamente. In questo modo Thompson continuerà a cavalcare l'onda del ritrovato successo senza doversi preoccupare che un processo che sta tanto a cuore all'opinione pubblica lo trascini a fondo.»

Aveva perfettamente senso, ma come faceva

Thompson a essere così sicuro che Charles avrebbe perso? Si stava impegnando con tutto se stesso su quel caso, avrebbe anche potuto vincere. Sollevai un sopracciglio e chiesi: «E se invece vincesse?»

«Meglio ancora» rispose Bethany prendendo una tazza di caffè dalla macchinetta e piazzandomela direttamente fra le mani protese. «In tal caso potrebbe vantarsi che lo studio ha vinto un processo impossibile e che è stato proprio lui ad aver fiutato il talento di Charles, fresco fresco di abilitazione. La fama e la reputazione dello studio aumenterebbero notevolmente e Thompson potrebbe dare una bella rimpolpata al suo fondo pensione.»

«Molto astuto» mormorai prima di sorseggiare avidamente un po' di caffè.

«Vero?» Bethany annuì e tornò alla scrivania. «Sei gentile ad aiutare Charles. Gli servirà davvero tutto l'aiuto possibile.»

Chiacchierammo ancora per qualche minuto, ma non riuscivo a smettere di pensare a ciò che ero appena venuta a sapere su Charles. Lui era al corrente della questione? Sapeva che il suo impiego era a rischio? Era per questo che voleva così tanto vincere il processo, o era perché credeva nell'innocenza di Brock?

In ogni caso, non era giusto che Thompson gli avesse fatto attraversare l'intero paese solo per utilizzarlo come capro espiatorio alla prima occasione. Dovevo assolutamente aiutarlo a vincere il caso, e non soltanto perché l'ufficio mi sarebbe sembrato vuoto e triste senza di lui, ma anche perché era la cosa giusta da fare.

* * *

Per le nove tutti erano presenti. Sgattaiolai nell'ufficio del signor Thompson pochi minuti dopo il suo arrivo.

«Buongiorno, capo» dissi incrociando le mani in grembo e rivolgendogli il mio miglior sorriso. «Avrei una richiesta, se non è troppo occupato.»

Il socio senior alzò lo sguardo dal monitor del computer e mi lanciò una breve occhiata prima di tornare a rivolgere la propria attenzione allo schermo di fronte a sé. «Sentiamo» disse con un tono che faceva pensare che avrebbe preferito che sparissi. Ma mi serviva il suo benestare prima di procedere con il mio piano, a prescindere dal fatto che quel giorno fosse o meno di buon umore.

«Vorrei dedicare la settimana ad aiutare il signor Longfellow con il caso Calhoun» affermai coraggiosamente. Mentre il signor Fulton, il socio senior che aveva lasciato lo studio, ci chiamava sempre per nome, il signor Thompson chiamava tutti per cognome. Il suo approccio freddo e impersonale era una delle ragioni per cui era così temuto.

Allontanò le mani dalla tastiera e sollevò lo sguardo, concedendomi infine la sua attenzione: «Perché?»

Per fortuna avevo trascorso l'ultima mezz'ora o quasi a prepararmi la risposta: «Il signor Longfellow sta facendo un ottimo lavoro, ma i media gli stanno rendendo la vita difficile. Nello specifico, è in gran parte colpa di mia madre. Se mi occupassi del caso potrei convincerla ad andarci piano per un po' mentre lavoriamo alla difesa. Potrebbe fare la differenza tra una vittoria e una sconfitta per lo studio!»

Il mio capo mi fissò per qualche istante prima di annuire: «Bella pensata, Russo.»

«La ringrazio» dissi, pronta a defilarmi e correre dritta da Charles a dargli la buona notizia.

«Ma dalla prossima settimana tornerà a occuparsi dei suoi soliti incarichi» mi gridò dietro Thompson. E a me andava più che bene, tanto avevamo tempo solo fino a venerdì per risolvere il caso.

Andai quasi a sbattere contro Charles che stava uscendo dall'ufficio che condivideva con Derek.

«Stai già uscendo?» gli chiesi senza riuscire a nascondere l'entusiasmo per essere stata assegnata ufficialmente al caso.

«Sì. Ho appuntamento con un cliente alle dieci» mi informò mentre ci avviavamo insieme alla porta.

«Se si tratta di Brock Calhoun, allora vengo anch'io.»

Si fermò a osservarmi, le stesse rughette di preoccupazione del giorno prima sulla fronte.

«Thompson mi ha assegnata al caso per questa settimana» gli spiegai con un gesto frivolo. «Dai, andiamo!»

Charles fece spallucce ma non si oppose; lo seguii fino all'auto e mi accomodai sul sedile del passeggero.

«Poiché ora lavori ufficialmente al caso,» mi disse mentre guidava verso la prigione dove Brock veniva tenuto in custodia, «ti svelerò cosa ho scoperto quando siamo tornati in ufficio.» Si morse il labbro, esitante. Sembrava che non si rasasse da un paio di giorni; mi augurai di non essere arrivata troppo tardi a offrirgli il mio aiuto per evitare che gli venisse un esaurimento nervoso.

«Allora?» lo esortai, impaziente di sapere cosa lo avesse turbato tanto.

Charles si arrischiò a lanciarmi una rapida occhiata prima di riportare lo sguardo sulla strada:

«Le foto della scena del crimine... sono parecchio cruente. Te la senti di dare loro un'occhiata?»

«Andrà tutto bene» dissi, anche se non ne ero affatto sicura. Non avevo mai avuto grossi problemi alla vista del sangue; avevo perfino ottenuto una certificazione come flobotomista tra le mie prime esperienze al college. Tuttavia, essere stata presa in ostaggio, legata e quasi uccisa da una psicopatica mesi prima mi aveva resa più impressionabile.

Ma dovevo farmi forza, per Charles, per Brock e per Yo-Yo: loro contavano su di me.

«Un punto di vista nuovo sarebbe utile» proposi, immaginandomi il peggio.

Ok, era meglio cambiare discorso prima che mi venisse un attacco di panico.

«Come mai andiamo da Brock?» chiesi, fingendomi calma.

«Un colloquio di routine» rispose Charles. «Ne approfitterò per presentarvi e informarlo del fatto che mi hai dato una mano a tenere a bada i media, ma in realtà non ho niente di nuovo da dirgli, ora come ora.»

«E allora perché ci vai? Perché non limitarsi a una telefonata?»

Charles sospirò e rafforzò la presa sul volante:

«Spero che gli sia venuto in mente qualcosa di nuovo, qualche elemento utile.»

Sospirai a mia volta. Pur essendo lieta di avere la possibilità di incontrare Brock e poter valutare se credere o meno alla sua innocenza, dubitavo che all'improvviso gli fosse venuto in mente qualche dettaglio importante dopo settimane di prigione. Ma non c'era nessun bisogno che lo dicessi a Charles: ero certa che anche lui ci sperasse ben poco.

E poi, sembrava che fossi io l'ottimista fra i due; se avessi iniziato a considerarci sconfitti, non avremmo più avuto nessuna possibilità di ottenere una sentenza favorevole.

Quando arrivammo alla prigione di stato mi sorpresi di quanto sembrasse piccola e anonima: se, come me, vi immaginavate una gigantesca struttura con torrette di guardia presidiate da cecchini e altissime recinzioni di filo spinato, sareste rimasti delusi. L'edificio dalla facciata di cemento sembrava più un dimesso centro commerciale che un centro di detenzione per quasi un migliaio di detenuti accusati di ogni genere di reato, dal possesso di droga all'omicidio.

«Sicura che sia tutto a posto?» mi chiese Charles mentre parcheggiava.

«È tutto ok.» Sganciai la cintura di sicurezza con

mani tremanti mantenendo lo sguardo ben dritto di fronte a me. «Mettiamoci all'opera.»

L'interno della prigione era più simile a ciò che mi aspettavo: guardie, metal detector e celle per i detenuti. A essere sincera mi dava i brividi. Seguii Charles in silenzio mentre ci conducevano in una delle stanzette riservate ai colloqui fra avvocati e clienti. Una volta arrivati, dovemmo attendere vari minuti prima che Brock venisse portato da noi.

Il nostro cliente se ne stava lì, mani e piedi ammanettati e un'uniforme beige che non si adattava affatto alla sua carnagione chiara e lo faceva sembrare ancora più pallido. I capelli scuri erano sporchi e troppo lunghi, gli occhi grigi infossati e segnati da profonde occhiaie.

Quando ci vide sorrise e chinò educatamente il capo. Anche se era alto più di un metro e novanta e aveva un fisico muscoloso, sembrava così piccolo, lì in piedi davanti a noi. E la percepii chiaramente, la stessa sensazione istintiva per cui avevo preso in giro Charles solo il giorno prima. Fu come se un lampo di comprensione mi avesse colpita nel profondo.

Boom!

E di colpo seppi per certo che Brock Calhoun non poteva aver assassinato gli Hayes e non aveva nulla a che fare con quel luogo orribile.

Brock mi lanciò uno sguardo di sbieco, forse in attesa che venissimo presentati; poi mi rivolse un sorriso esitante, educato, da uno che tutto sembrava fuorché un killer.

«Salve, Brock» dissi dopo essermi schiarita la gola. «Mi chiamo Angie e la aiuterò a uscire di qui.»

7

Proprio come temevo, Brock non aveva niente di nuovo da dirci, quindi sarebbe toccato a me, a Charles e agli animali trovare nuovi elementi per difenderlo, e ciò significava trovare il vero assassino.

Avevo paura? Potete giurarci!

L'ultima volta che mi ero trovata faccia a faccia con un killer ci avevo quasi lasciato le penne. Per ora avrei fatto del mio meglio per non pensarci, ma, una volta finito di lavorare al caso, mi sarei sicuramente rivolta a uno psicoterapeuta.

Al ritorno in ufficio Charles mi porse una cartella strapiena di documenti: conteneva le scoperte dell'accusa, con tutti i fatti e la documentazione che, secondo loro, dimostravano la colpevolezza di Brock per l'omicidio degli Hayes.

«Accipicchia» commentai con un fischio, dando un'occhiata alle numerosissime pagine che conteneva. «Si sono dati da fare!»

Charles si lasciò cadere con un gemito sulla sedia accanto alla mia: «Decisamente.»

Diedi solo una rapida occhiata alle foto della scena del crimine, poi le spinsi da parte. L'unica cosa che notai in quelle immagini raccapriccianti fu che Bill e Ruth Hayes erano andati incontro a una fine estremamente violenta. Le ampie pozze di sangue cremisi che circondavano le loro teste mi diedero il voltastomaco.

Chi mai avrebbe potuto fare una cosa tanto orribile? Ma soprattutto, *perché?*

Charles andò alla scrivania e quando fece ritorno posò sul tavolo di fronte a me una cartellina assai più sottile: «Ciò che abbiamo scoperto noi» disse.

«Oh.» C'erano alcuni precedenti e le dichiarazioni di qualche testimone, ma ben poco altro. La situazione non era certo delle migliori. «Chi ha rilasciato le dichiarazioni?» chiesi con l'elenco delle testimonianze in mano.

Charles prese i documenti e me li illustrò uno per uno posandoli di fronte a me: «Sua sorella, un paio di ex clienti della sua attività di tuttofare, un'ex fidanzata.»

«Hai parlato con qualcuno che conosceva le vittime?»

Scosse il capo: «Solo con Brock e sua sorella.»

«E per quanto riguarda i testimoni dell'accusa?» domandai tornando allo spesso contenitore e tirando fuori varie pagine di testimonianze.

Charles non le guardò nemmeno. Si strinse nelle spalle e disse: «Preferiscono non parlare con noi prima del processo.»

«Beh, molto comodo» mugugnai, sbuffando così forte da arruffarmi la frangia.

Sembrava che, a parte Charles, nessuno stesse agendo con correttezza e ciò ci poneva in notevole svantaggio.

Lui poteva procedere sulla retta via quanto voleva, ma io sapevo benissimo che a volte una scorciatoia è l'unico modo per arrivare a destinazione, e non avevo niente in contrario a fare un tentativo: «Ok, senti... E se *non sapessero* che stanno parlando con noi?» suggerii con un sorriso astuto.

Incrociò le braccia e scosse il capo: «Tutti sanno che sono l'avvocato di Brock. Anche se volessi giocare d'astuzia, non potrei. E comunque non voglio farlo.

Voglio vincere la causa e riabilitare il nome di Brock senza giochetti.»

«Certo, capisco» acconsentii in tutta fretta. «Dimentica ciò che ho detto.»

Trascorremmo le ore successive a rivedere tutta la documentazione, progettando il contro-interrogatorio dei testimoni. Non c'era nessun bisogno che sapesse che avevo stilato mentalmente un elenco di persone a cui far visita al di fuori dell'orario lavorativo. Nessuno mi avrebbe riconosciuta o associata al processo.

Dopotutto, quasi nessuno presta davvero attenzione agli assistenti legali.

Avrei potuto sfruttare questo fatto a mio vantaggio per saperne di più sulle vittime e scoprire chi avrebbe potuto volerli morti. Niente che dovesse saltar fuori in tribunale, a meno di imbattermi in una pistola fumante o, per la precisione, in un martello insanguinato.

«Sei pronta, nonna?» chiesi entrando. Ero andata a prenderla a casa per la nostra piccola indagine post-lavorativa. Essendo arrivata presto, quel giorno ero riuscita a uscire un po' prima: in questo modo avremmo avuto tempo a sufficienza per fare un salto all'azienda in cui aveva lavorato Bill Hayes e vedere se riuscivamo a dare un'occhiata in giro e scoprire qualcosa su di lui o su possibili sospettati.

«Certamente» rispose la nonna con parlata strascicata e un vago accento del sud. «Andiamo.»

Vi ho già detto che la nonna era una grande star di Broadway? Ora si limitava a qualche apparizione a teatro, ma coglieva sempre l'occasione di rispolverare il suo talento nella recitazione. Proprio per questo le avevo chiesto di venire con me.

Prima di andare incontro a una morte violenta, il signor Hayes lavorava alla Bayside Printing Company. Per lo più, l'azienda si occupava si stampare materiali promozionali per numerose aziende di Blueberry Bay, ma, dando una rapida occhiata al loro sito web, avevo scoperto che aiutavano anche autori indipendenti e piccoli editori a pubblicare i loro libri e questa era la scusa perfetta per presentarci da loro senza destare sospetti.

Infatti, da anni la nonna proclamava a chiunque stesse a sentirla di avere intenzione di scrivere un libro, più precisamente un'autobiografia. Aveva già scelto anche il titolo, anche se non aveva ancora scritto nemmeno una riga.

«Si intitola *Da Broadway a Blueberry Bay: la vita e l'epoca di Dorothy Loretta Lee* e le garantisco che è l'opera più incredibile che lei sia mai capitata davanti» disse al direttore, sottolineando le sue parole con ampi gesti eccitati.

Osservavo il modesto uomo di mezza età seduto di fronte a noi. Il signor Weber, così si chiamava, con un principio di stempiatura e la camicia ben stirata ordinatamente infilata nei pantaloni, di certo non aveva l'aspetto di un assassino. Sorrise alla nonna con sincero interesse mentre lei gli raccontava uno dopo l'altro aneddoti inventati sulla sua ipotetica gioventù di ragazza del sud.

«Sembra davvero affascinante» disse lui imitando il suo accento.

Dovetti sforzarmi parecchio per non scoppiare a ridere vedendoli chiacchierare amichevolmente con lo stesso accento fasullo.

«Mi lasci fare un po' di calcoli, così potremo accordarci sulla cifra» disse estraendo con grande enfasi la tastiera dal cassettino della scrivania.

«Magnifico» disse la nonna appoggiandosi elegantemente le mani in grembo.

Il signor Weber continuò a sorridere mentre cliccava su varie finestre sulla schermata del computer, fermandosi di tanto in tanto per porre delle domande alla nonna: da quante pagine era composto il libro? Aveva preferenze sulle dimensioni del volume? Preferiva carta bianca o crema? Copertina rigida o in brossura?

Lei non esitò mai nemmeno un istante e rispose sempre con grande precisione, con grande soddisfazione del signor Weber. Stavo iniziando a chiedermi se non avesse davvero intenzione di pubblicare un'autobiografia, anche se non aveva ancora iniziato a scriverla.

Ma avrei dovuto pensare più tardi a come fare per aiutarla a realizzare il suo sogno: ora l'indagine richiedeva la mia completa attenzione.

«*E così...*» dissi, prolungando quell'ultima sillaba finché non fui certa di avere l'attenzione del signor Weber. «Non è qui che il povero Bill Hayes lavorava prima di essere assassinato?»

Solo a sentire il nome della vittima, il volto del signor Weber si fece rosso e il sudore iniziò a colargli lungo la fronte: «Sì» disse con rabbia malcelata. «Nessuno merita una fine simile, tantomeno Bill!»

«Una vera tragedia» disse la nonna dandogli dei colpetti sulla mano e rivolgendogli un cenno di comprensione.

Il suo tocco riportò alla calma il signor Weber: «Bill era il dipendente migliore che abbia mai avuto. Era perfino pronto a subentrare al mio posto l'anno prossimo. Sa, io andrò in pensione» spiegò, accigliato. «E purtroppo lui non ci sarà.»

«È davvero terribile» disse la nonna. Ringraziai mentalmente la mia buona stella per aver deciso di portala con me. «Lei sembra proprio un gran lavoratore. Merita del tempo per se stesso dopo tutti gli anni che ha dedicato all'azienda!»

Lui scosse tristemente il capo: «Anche Bill era un gran lavoratore. Qui tutti gli volevano bene. E piaceva anche ai clienti; sa, capita spesso che un cliente voglia tutto pronto in tempi strettissimi e lui non ci pensava mai due volte a fare gli straordinari per accertarsi di rispettare le scadenze.»

«Era davvero un dipendente modello» commentai con un cenno rassicurante del capo. Non volevo farmi surclassare completamente dalla nonna.

Ma il signor Weber non staccava gli occhi da lei. Sospirò e aggiunse: «Non riesco proprio a farmene una ragione. Perché mai quell'uomo ce l'aveva tanto con Bill? E perché uccidere anche sua moglie? Spero che lo chiudano in cella e buttino via la chiave!»

Mi mossi sulla sedia a disagio. Lui si sforzò di sorridere e girò il monitor del computer verso di noi.

«In ogni caso,» disse dopo essersi schiarito la voce. «Come può vedere, il costo varierà da 2.500 a

6.700 dollari, in base al numero di copie che vorrà far stampare per la prima edizione.»

La nonna annuì: «Lei cosa mi consi-?» Ma all'improvviso si interruppe, scossa da un tremendo attacco di tosse; non riuscì a proseguire con il discorso e si portò le mani al petto in un gesto drammatico.

«Mi scusi» gracchiò infine, quando la tosse si placò. «Sarebbe così gentile da portarmi un bicchiere d'acqua?»

Lui scattò in piedi molto più rapidamente di quanto mi sarei aspettata da un uomo della sua stazza: «Certamente! Solo un istante, arrivo subito.»

Si precipitò fuori dalla stanza e, non appena fu uscito, la nonna iniziò a rovistare tra i documenti sulla scrivania scattando foto con il cellulare.

«Che stai facendo?» bisbigliai.

Rispose senza interrompersi o scomporsi: «Voglio vedere se c'è qualcosa che non ci ha detto. Quando torna, chiedi di andare in bagno e vedi se riesci a trovare qualcosa nell'ufficio principale.»

Wow, era un'ottima investigatrice privata! Forse avrei dovuto chiederle aiuto più spesso: era solo il secondo caso su cui indagavo e lei si era dimostrata indispensabile entrambe le volte. D'altro canto, ogni tipo di aiuto era benaccetto, a patto che non mettesse in alcun modo in pericolo la mia adorata nonnina.

Udimmo i passi pesanti del signor Weber farsi strada lungo il corridoio. La nonna fece scivolare il telefono nella borsetta giusto in tempo e gli rivolse un sorriso radioso: «Lei è il mio eroe!» mormorò ammirata quando lui le porse il bicchiere.

«Mi scusi» dissi alzandomi in piedi. «Avrei una certa urgenza di andare alla toilette.»

«Giri a sinistra, poi la seconda porta a destra» rispose lui senza nemmeno degnarmi di uno sguardo. Come molti prima di lui, era vittima del fascino della nonna e non potevo fargliene una colpa, soprattutto considerando che ciò mi rendeva molto più facile indagare.

«Grazie» mormorai richiudendomi la porta alle spalle. Anche se la nonna era chiaramente un'esperta in materia, per me andare in giro a ficcare il naso in quel modo era una novità e non sapevo da dove cominciare. In ogni caso, dubitavo fortemente di trovare documenti finanziari o video della sicurezza in bella vista. Pensandoci bene, molto probabilmente alla Bayside Printing Company non avevano nemmeno telecamere di sicurezza, che forse mi avrebbero facilitato le cose.

Avrei voluto che ci fosse Gattavius: contrariamente a me, lui era un esperto a ficcare il nasino negli affari altrui. Caspita, a ben pensarci, *ficcanaso* era il suo secondo nome! Ne aveva talmente tanti, di nomi, che poteva benissimo essermi sfuggito. Il talento spionistico del mio gatto e la totale assenza di rimorso con cui lo esercitava avrebbero messo in ombra persino la nonna. Forse avrei potuto prendere ispirazione...

Dove inizierei a cercare se fossi Gattavius?

Ma non ebbi la possibilità di scoprirlo, perché un istante dopo mi resi conto di non essere sola nell'ufficio principale: una donna alta e magra sedeva in silenzio nell'area d'attesa e si alzò di scatto quando mi vide.

«Posso esserle utile?» chiesi esitante. Mi sembrava scortese ignorarla, anche se non avevo la minima idea di cosa avrei potuto mai fare per lei.

«Il signor Weber è in ufficio?» domandò sistemandosi una ciocca di morbidi capelli rossi dietro l'orecchio e rivolgendomi un sorriso amichevole. «Speravo di poter ritirare il materiale che ho ordinato prima della chiusura.»

«Ehm, certo. Vado a dirgli che lo sta aspettando» risposi tornando sconfitta sui miei passi.

Mi auguravo che la nonna avesse avuto più fortuna con il signor Weber di quanta ne avessi avuta io o che fosse riuscita a fotografare qualcosa di utile quando eravamo rimaste sole in ufficio.

In caso contrario, la nostra visita alla Bayside Printing Company si sarebbe rivelata un gigantesco vicolo cieco, nonché un enorme spreco di tempo prezioso.

Mercoledì si avvicinava e non avevamo fatto un solo passo avanti nello scoprire il vero assassino degli Hayes. Forse l'indomani si sarebbe rivelato il nostro giorno fortunato?

Speravo proprio di sì.

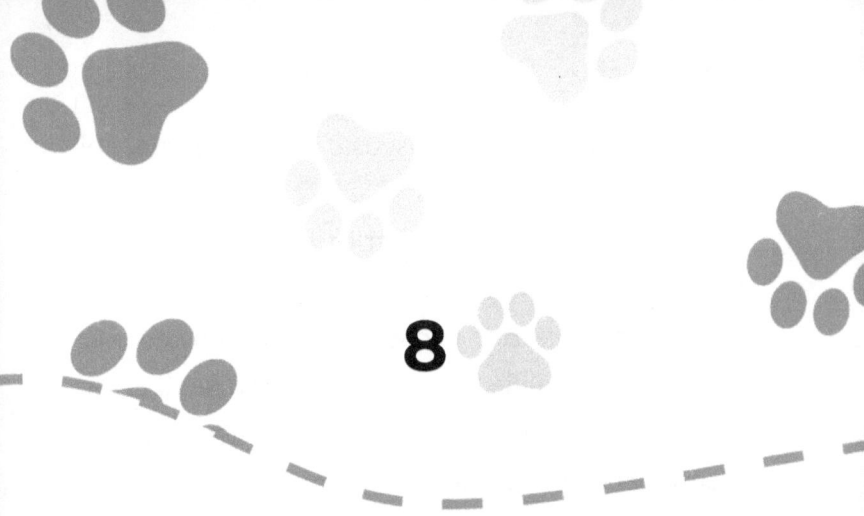

8

L a mattina dopo raccontai a Charles del nostro giro di ricognizione alla Bayside Printing Company.

«Sapevo che stavi architettando qualcosa» disse spalancando gli occhi. «Hai trovato qualche elemento utile?»

Lo ragguagliai sulle poche informazioni raccolte, come il fatto che Bill era molto apprezzato sul lavoro e avrebbe ottenuto una promozione l'anno successivo. Di fatto non avevamo scoperto niente di più: la maggior parte delle foto scattate dalla nonna era sfocata e le poche in cui si vedeva effettivamente qualcosa non mostravano nulla di utile.

Picchiettai la penna sulla scrivania e mi morsi il labbro inferiore: «Sei proprio sicuro che nessuno dei testimoni dell'accusa sia disposto a parlare con noi prima del processo?»

«Purtroppo sì» rispose Charles con un sospiro. «Si sono rifiutati tutti. Beh, tranne una, ma non sono mai riuscito a contattarla, anche se ci ho provato più volte.» Si strinse nelle spalle e bevve un sorso di caffè, poi aggiunse: «In ogni caso, non sono sicuro che si presenterebbe al banco dei testimoni.»

«Davvero? E chi sarebbe?» Mi chinai verso di lui, desiderosa di saperne di più. Si era tenuto per sé quell'informazione per tutto quel tempo? Avrei voluto che me lo dicesse prima.

Lui non sembrava ritenerlo importante, perché aggiunse con noncuranza: «Michelle Hayes, la figlia delle vittime.»

Il mio cuore accelerò il battuto a quella rivelazione. Era possibile che quella ragazza fosse il pezzo mancante del puzzle per una difesa inattaccabile?

«Non ti esaltare» mi avvertì Charles. «Te l'ho detto, è impossibile contattarla.»

«Il caso stesso è impossibile, a sentire te» ribattei con un sorriso caustico. All'improvviso mi colpì un pensiero cupo: «Non penserai che non risponda alle tue chiamate perché è stata *lei*, vero?»

«Assolutamente no. Voleva bene ai suoi genitori. Loro sborsavano *una barca di soldi* per consentirle di frequentare un college privato e lei tornava a casa praticamente ogni weekend per stare con loro, nonostante un tragitto di circa tre ore in auto.»

«Pensavo che non fossi riuscito a parlare con lei» ribattei sospettosa. Perché prendeva le difese della ragazza a quel modo? Era possibile che non mi avesse rivelato tutto ciò che sapeva? E soprattutto, perché?

Charles non sembrò affatto turbato dalle mie parole. Tenendo saldamente fra le mani la tazza di caffè, disse: «Queste sono le dichiarazioni che ha rilasciato alla polizia.»

«Mi dai il suo numero?» chiesi attraversando l'ufficio per raggiungere il telefono. Derek era stato così gentile da fare cambio di postazione con me per qualche giorno in modo che io e Charles non dovessimo spostarci di continuo mentre lavoravamo al caso. Ciò rendeva tutto molto più semplice.

Ma Charles mi tolse il telefono di mano senza tanti complimenti: «Guarda che ore sono! È troppo presto per telefonare a una diciannovenne che frequenta il college. Credi che avrà voglia di parlare con noi se la tiriamo giù dal letto morta di sonno?»

Quell'infelice scelta lessicale mi strappò una smorfia, ma in fondo aveva ragione lui: «Allora più tardi.»

«Pensi che potremo fare un altro tentativo con gli

animali oggi?» mi chiese con la stessa espressione da cucciolo con gli occhi sgranati, che mi aveva rivolto Yo-Yo la prima volta che lo avevo visto.

«Certo. Perché no?» risposi. Dovevamo pur fare qualcosa! Forse sarei riuscita a chiamare Michelle mentre era distratto.

«Ok» disse Charles con un profondo sospiro di sollievo. «Andiamo!»

«Non così in fretta» gli gridai dietro.

Aveva già preso la sua roba e raggiuto la porta. Alla faccia dell'impazienza. Si voltò verso di me con aria giustamente contrita: «Qual è il problema?»

«Ci serve un piano.» Tornai a sedermi e cercai una pagina bianca sul mio block-notes giallo.

Anche Charles tornò a sedersi, ma iniziò a dondolare nervosamente le gambe.

Quando fui certa che mi ascoltasse con attenzione, proseguii: «Dobbiamo trattare gli animali come faremmo con qualsiasi altro testimone. E dobbiamo considerare Yo-Yo un testimone vulnerabile. Hai visto come ha reagito alla sola idea che qualcuno avesse fatto del male ai suoi proprietari. È chiaramente traumatizzato. Non possiamo sconvolgerlo di nuovo a quel modo o rischieremo che si chiuda completamente in se stesso. E poi, temo che fargli troppe pressioni possa avere un impatto negativo a lungo termine sul suo benessere psicologico.»

Charles ci rifletté su per qualche istante. Quando iniziò a parlare, aveva ormai smesso di muovere nervosamente le gambe: «Credi che Yo-Yo abbia assistito all'omicidio?»

Annuii: «È del tutto plausibile.»

Un lampo di comprensione fece brillare i suoi occhi verdi: «Ha visto tutto e ha represso il ricordo per proteggersi.»

«La mia idea è questa.» Mi portai la penna alla bocca ma mi bloccai poco prima di iniziare a masticarne il tappo. Era un piccolo tic nervoso, ma decisamente troppo disgustoso per farlo davanti a Charles.

Per fortuna lui sembrava non averlo notato: «E allora come facciamo a far riemergere i ricordi in tempo per aiutare Brock?»

«Non lo faremo» dissi rimettendo il tappo alla penna e posandola sulla scrivania. «Credo che Yo-Yo possa esserci d'aiuto, anche se non ricorda né cos'è successo, né che i suoi proprietari sono stati uccisi. Voglio dire, chi conosceva gli Hayes meglio di lui? Ha vissuto con loro per anni, conosceva perfettamente la loro routine. Di certo saprà se qualcosa era cambiato poco prima che venissero uccisi.»

«Sei davvero astuta!» osservò Charles con un cenno d'approvazione. Sentii il cuore gonfiarmisi nel petto a quel complimento. «Vuoi occuparti tu di interrogarlo?»

«Sì, volentieri.» C'era un motivo se riuscivo a parlare con gli animali. All'inizio pensavo che aver aiutato Gattavius a risolvere l'omicidio di Ethel fosse stata una semplice coincidenza, ma avevo sempre più la sensazione che fosse proprio quella la mia vocazione: risolvere misteri e fare giustizia, con un amico a quattro zampe dopo l'altro.

* * *

Un paio d'ore dopo avevamo preparato un elenco completo di domande e suggerimenti e avevamo perfino fatto le prove per vedere come sarebbe potuta andare la conversazione con Yo-Yo. C'era una sola variabile che risultava ancora imprevedibile: Gattavius.

Cambiava umore così di frequente che ci sarebbe voluto troppo tempo per ipotizzare i vari scenari davanti a cui ci saremmo potuti trovare nel tentativo di ottenere il suo aiuto. Inoltre, ero troppo imbarazzata per ammettere davanti a Charles quanto mi lasciassi mettere i piedi in testa dal mio gatto. Beh, le zampe. Quindi l'idea era di presentarci a casa mia e dire a Gattavius cosa volevamo che facesse, punto e basta.

Avrebbe sicuramente trovato un modo per farmela pagare, ma potevo sopportare un po' di vomito nelle ciabatte o qualche graffio se ciò ci avesse consentito di salvare un uomo innocente da una vita in prigione e proteggere un povero cagnolino con il cuore spezzato.

Facemmo un salto da Charles a prendere Yo-Yo, poi una breve sosta in un negozio per animali dove acquistammo una pettorina e un guinzaglio per Gattavius. Purtroppo l'unico set della sua taglia era verde neon decorato con ossa fluorescenti.

Così sarebbe stato ancora più difficile convincerlo a indossarlo, ma non avevamo tempo di andare in giro per negozi per trovare qualcosa che potesse andargli a genio.

Come c'era da aspettarsi, Gattavius si oppose quando gli mostrammo i suoi nuovi gadget da passeggio: «Quindi, fammi capire: non solo vuoi che perda ancora tempo a parlare con l'id*yo-yo*ta mentre tu fai gli occhi dolci a Chuck il Ciuco, ma pretendi anche che indossi questa mostruosità? Ti ricordo che *sono un gatto,* non un dannato cane bavoso!»

Incrociai le gambe e mi sedetti per terra di fronte a lui, cercando di rivolgergli l'equivalente umano dello sguardo implorante del gatto con gli stivali: «*Per favore*. Solo per pochissimo tempo. Non te lo chiederei se non fosse davvero importante.»

Frustò l'aria con la coda più volte prima di rispondere: «Quindi me lo stai chiedendo? Questo significa che posso scegliere. E la mia risposta è *no*.»

Diedi a Charles il segnale su cui ci eravamo accordati, ben sapendo che molto probabilmente si sarebbe rivelato necessario. Lo guardai infilare lentamente le mani in un paio di guanti da forno e avvicinarsi in punta di piedi alle spalle di Gattavius.

«Voglio che tu sappia…» dissi al mio amico peloso che presto sarebbe stato furioso «che speravo di non dover arrivare a tanto.»

I suoi occhi si spalancarono quando si rese conto del mio tradimento nell'istante in cui gridai: «*Ora!*»

Un urlo furibondo riverberò per tutta la casa quando Charles sollevò Gattavius fra le braccia tenendolo saldamente contro la sua volontà.

«Toglimi le mani di dosso, Ciuco!» strillò brandendo gli artigli in ogni direzione. «Non tollero una simile mancanza di rispetto!»

«*Sta' buono*» gli dissi nell'inutile tentativo di convincerlo a collaborare mentre gli infilavo le zampe nella pettorina. «Fallo per me, aiutaci a trovare l'assassino dei padroni di Yo-Yo e ti sarò debitrice. Farò qualsiasi cosa tu voglia, lo giuro. Ma per favore, aiutaci! Abbiamo bisogno di te. E, se ben ricordi, non è passato poi tanto tempo da quando ho rischiato la vita per aiutarti a fare giustizia per Ethel.»

A quelle parole la furia abbandonò completamente il suo corpicino peloso. Gattavius sospirò rumorosamente: «E va bene» mugugnò mentre gli allacciavo l'imbragatura sulla pancia.

Charles lo posò a terra e Gattavius mosse alcuni passi, incerto sulle zampe. Il pelo, spettinato dopo la lotta, sporgeva in ogni direzione e lui si contorse spasmodicamente, pancia a terra in posizione difensiva.

«Mi devi un favore *enorme*» gridò nella mia direzione. «Il più grande favore che dovrai mai a qualcuno in tutte le tue sette vite!»

Annuii, desiderosa di porre fine a quella discussione. Mi ero preparata a scene ancora peggiori e la situazione rischiava ancora di precipitare se facevo un passo falso. «D'accordo» promisi. «Qualsiasi cosa tu voglia.»

Gattavius scoppiò in un'inquietante risatina sommessa che mi fece venire la pelle d'oca.

«Di che si tratta?» chiesi, la voce di colpo tremante e incerta.

«Oh, vedrai. Vedrai!» Un rapido movimento della

zampa verso Charles non fece altro che aumentare ulteriormente le mie preoccupazioni, ma mi sarei occupata più tardi delle sue richieste folli. Pensandoci bene, sarebbe stato meglio impostare i parental control sulla TV in modo da scoraggiare quei comportamenti da tiranno. Ma ora era il momento di passare alla seconda fase del piano, prima che cambiasse idea e si tirasse indietro.

«Usciamo di qui finché possiamo» dissi a Charles chinandomi per agganciare il guinzaglio alla pettorina di Gattavius.

«Una precauzione del tutto inutile» mugugnò il tigrato. «Cosa ti fa pensare che scapperei? Ricorda che sono stato io a sceglierti nonostante i tuoi *numerosissimi* difetti.»

«Serve per tenerti al sicuro» gli spiegai.

Anche se intendeva restare con noi, Gattavius tendeva a trasformarsi in un gatto ben diverso non appena metteva una zampa fuori casa. Se all'interno delle mura domestiche era un intellettuale attento, che mi forniva senza sosta commenti non richiesti sulla mia vita, appena si trovava all'aria aperta diventava volubile, imprevedibile e facilmente sovreccitabile. Per quel che ne sapevo, se avvistava una farfalla poteva benissimo correre per chilometri prima di rendersi conto che non ero a caccia con lui.

E anche se a volte era fastidioso, gli volevo bene e volevo che rimanesse al mio fianco negli anni a venire per tutto il tempo possibile.

Purtroppo per lui, ciò significava dover indossare la pettorina.

Mi auguravo solo che il famoso favore che gli dovevo fosse qualcosa che potevo umanamente fare senza infrangere la legge. Con lui non si poteva mai sapere, ma era anche questo a rendere emozionante la nostra vita insieme... la maggior parte delle volte.

Poi c'erano le giornate come oggi...

Sapevo che il momento di massima agitazione doveva ancora arrivare.

Afferrai una giacca pesante a maniche lunghe dall'armadio, feci un respiro profondo e ci avviammo verso l'auto di Charles.

Era giunto il momento della fase due.

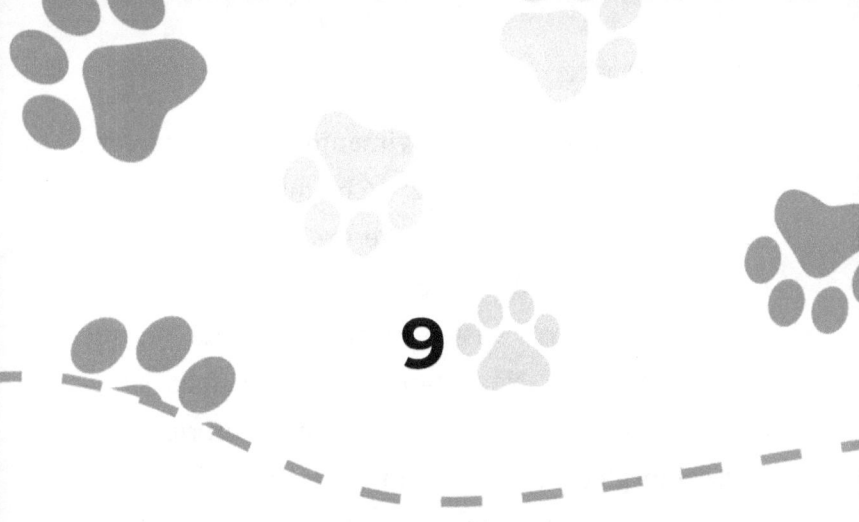

9

Raggiungemmo il quartiere in cui avevano abitato gli Hayes in meno di dieci minuti e Yo-Yo si rallegrò all'istante alla vista di luoghi e odori familiari: abbaiò, ululò, uggiolò ed emise lunghi gemiti ancor prima che riuscissimo a parcheggiare.

«Cosa dice?» chiesi a Gattavius, comodamente seduto in braccio a me sul sedile del passeggero. Poiché non guidavo, avevo avuto la brillante idea di portarmi dietro un cuscino in modo che non riuscisse a piantarmi gli artigli nelle gambe. Era stato il viaggio in auto più piacevole che avessi fatto da quando possedevo un gatto che detestava andare in macchina.

Ovviamente lui non era comunque contento di

trovarsi su un veicolo in movimento e ci mise qualche istante prima di rispondere: «Chiama i suoi genitori umani, vuole fargli sapere che sta tornando a casa» mi spiegò ansimando nervosamente.

«Oh, che cosa triste» risposi riferendo le sue parole a Charles. Nonostante la gravità della situazione, fare da intermediari in quel modo mi ricordava il vecchio gioco del telegrafo ai tempi della scuola: quanto di ciò che diceva Yo-Yo arrivava effettivamente a Charles dopo che Gattavius lo spiegava a me e io a lui? Quanto veniva stravolto il messaggio?

«È davvero un testimone vulnerabile» concordò Charles accostando al marciapiede e facendo manovra per parcheggiare. «Poveretto.»

«Non mi hai ancora illustrato il piano» mi disse Gattavius mentre lo aiutavo a sganciare gli artigli dal cuscino e lo appoggiavo delicatamente a terra.

Charles prese il guinzaglio di Yo-Yo e fece il giro dell'auto per raggiungerci. Lo Yorkshire, sovreccitato, tirava talmente tanto che iniziò ad ansimare.

«Accipicchia. Id*yo-yo*ta è proprio il nomignolo più adatto a lui» dichiarò Gattavius con un ghigno soddisfatto, nuovamente a suo agio ora che aveva le zampe saldamente poggiate a terra. «E Chuck il Ciuco è perfetto per quell'umano.»

«Sì, sì, sei un campione a trovare soprannomi»

dissi per placarlo, resistendo all'impulso di alzare gli occhi al cielo ora che lui conosceva il significato di quel gesto. Decisi invece di rispondere alla sua domanda di poco prima: «Il piano è fare un giro del vicinato e vedere se Yo-Yo ci racconta qualcosa dei tempi in cui viveva qui. Potrebbe darci un indizio su chi può aver commesso l'omicidio, a parte Brock.»

«Non sarebbe più semplice dirgli la verità sull'accaduto e chiedergli di darci una mano?» Anche se apparentemente voleva rendersi utile, sospettavo che il vero scopo di Gattavius fosse tirarsi fuori il più in fretta possibile da quella situazione lesiva del suo orgoglio felino.

«No!» gridai proprio mentre Yo-Yo emetteva un acuto stridio torcendo l'estremità del guinzaglio. Chiunque ci avesse visti avrebbe pensato che stessimo torturando quella povera creaturina, ma per fortuna al momento la strada era deserta.

«L'id*yo-yo*ta dice che vuole sapere la verità» spiegò Gattavius sbadigliando con espressione annoiata.

«Uffa, smettila di complicare le cose» lo rimprorerai. «E smettila di fare lo snob! Si chiama Yo-Yo, lo sai benissimo.»

«E sarei *io* quello che complica la situazione?» commentò sarcastico fissando con riprovazione il guinzaglio fluorescente che ci teneva legati. Sbuffò, offeso ed esasperato, e distolse lo sguardo.

Ne avevo più che abbastanza delle sue lamentele, soprattutto tenendo conto che Yo-Yo si stava ancora agitando come un pazzo, oltretutto facendo un baccano del diavolo. Mi abbassai per fissare dritto negli occhi il tigrato ostinato e dissi: «Se vuoi che ti faccia quel favore, fai quello che ti chiedo e fallo come si deve. Hai capito?»

Fece una smorfia: «Basta dirlo. Non c'è bisogno di gridare, tantomeno di sputacchiarmi addosso.»

Ok, era deciso: avrei posto un limite all'utilizzo della TV. Già non ero soddisfatta quando guardava cartoni animati a qualsiasi ora del giorno e della notte, ma ora si era trasformato in un adolescente insolente ed era davvero troppo, considerando che già di per sé era un gatto dal temperamento irriverente. Inoltre, era giunto il momento che si rendesse conto che il suo comportamento aveva delle conseguenze.

Accidenti. Non avevo ancora trent'anni ma sembravo una madre single alle prese con un ragazzino capriccioso. Avrei dovuto scusarmi con la nonna e con i miei genitori per tutti gli atteggiamenti irritanti da saputella che avevo sfoggiato da teenager.

«Siamo d'accordo?» chiesi mentre mi rialzavo. Nel

frattempo Charles si era chinato per prendere in braccio Yo-Yo in modo da evitare che si facesse male.

«E va bene» rispose Gattavius risentito. «Cosa vuoi che gli dica?»

Gli rivolsi un ampio sorriso per mostrargli che ero lieta di quell'atteggiamento collaborativo. E mi guardai bene dal definirlo un bravo gatto davanti a tutti, anche se gli piaceva sentirselo dire quando eravamo a casa da soli. «Digli che i suoi genitori umani sono andati a fare una gita, ma che faremo una passeggiata vicino a casa sua tutti insieme perché ci piacerebbe che ci raccontasse tutte le cose belle che hanno vissuto insieme.»

«Ti rendi conto di che razza di tortura sarà per me?»

«Sopravvivrai.»

Gattavius riferì le mie parole a Yo-Yo, che smise per qualche istante di ansimare e ritirò la lingua in bocca. Pochi secondi dopo, tuttavia, era di nuovo in preda all'entusiasmo e lottava per liberarsi dalla presa di Charles.

«Siamo pronti?» mi domandò quest'ultimo.

Annuii; lui posò lo Yorkshire a terra e ci incamminammo tutti e quattro, con Yo-Yo che ci faceva strada orgoglioso.

«Devo tradurre tutto ciò che dice?» piagnucolò Gattavius dopo nemmeno un minuto.

«Sì, tutto» risposi.

Charles rimase stranamente in silenzio mentre parlavo con gli animali. Disse qualcosa solo nelle rare occasioni in cui ci imbattevamo in qualche passante, in modo che io non sembrassi completamente pazza: tenevo pur sempre al guinzaglio un gatto dall'aspetto furioso.

«Fate attenzione: morde!» disse Charles a una coppia di signore dai capelli blu in tuta da ginnastica che sembravano intenzionate ad accarezzare Gattavius, che, a conferma dell'ammonimento, soffiò e inarcò la schiena, per poi scoppiare a ridere quando quelle si allontanarono quasi dandosela a gambe mentre ci passavano accanto. «È stato divertente» disse dandosi una scrollata.

«Sono davvero lieta che tu ti stia svagando. Ora però puoi riferirmi cosa sta dicendo Yo-Yo?» gli chiesi. Mi faceva piacere che Gattavius avesse trovato un modo per rendere accettabile quell'esperienza, ma doveva restare concentrato sull'obiettivo dell'uscita.

Il tigrato sospirò, le vibrisse frementi, e mosse le orecchie avanti e indietro: «Aspetta che attivo i recettori per l'idiotese... *Fatto!*»

«Ah ah, sei davvero divertente. Ma ora basta cabaret e inizia a tradurre!»

«*Va beeeeeeeene*» trascinò quella sillaba all'infinito, prima di iniziare finalmente a fare ciò che gli era stato detto. Sospirò e cominciò a parlare: «Ok, quella pietra che abbiamo appena superato è uno dei suoi punti preferiti per fare pipì. Una volta ha visto uno scoiattolo attraversare la strada proprio qui, ma correva così in fretta che non è riuscito a prenderlo. Agli uccelli piace stare appollaiati su quell'albero laggiù. Gli piace molto fare la pipì anche là. Ci fanno sempre il nido in primavera. In estate i bambini che vivono in quella casa laggiù corrono su e giù fra gli irrigatori automatici e a volte lo invitano a giocare con loro...»

Iniziavo a capire la sua esitazione sul fatto di tradurre *proprio tutto* ciò che diceva Yo-Yo. Parlava così in fretta che non avevo assolutamente il tempo di riferire tutto a Charles. Gli lanciai uno sguardo di scuse prima di chiedere a Gattavius: «Potresti fargli qualche domanda da parte mia?»

Lui si limitò a continuare a camminare, senza neanche degnarmi di un'occhiata.

Chi tace acconsente. «Chiedigli se gli piace la gente che vive qui in zona.»

«Ha detto 'sì, moltissimo,' poi mi ha raccontato di

quella volta in cui ha visto due macchine rosse una dietro l'altra proprio a questo isolato.»

Dovevo fare in modo che continuassero a parlare, ma anche che restassero in tema: «Bill e Ruth erano particolarmente amici di qualcuno dei vicini?»

«A quanto dice erano benvoluti da tutti e volevano bene a tutti» riferì Gattavius. Iniziavo a pensare che il nostro amico Yorkshire non fosse il più affidabile dei testimoni. Sembrava che vedesse il lato migliore di chiunque e in ogni situazione.

«Ancora niente?» chiese Charles.

Scossi il capo dando un calcio a un sassolino. «No. A meno che ti interessi sapere tutti i posti migliori per marcare il territorio lungo questo isolato.»

Charles rise, ma intuii che era un po' deluso; anzi, *parecchio* deluso. Stavo per suggerire di tornare alla macchina quando Yo-Yo iniziò ad abbaiare rabbiosamente. Si fermò di colpo e si irrigidì, il naso puntato verso il cortile dell'abitazione successiva.

«Che succede?» chiesi al mio gatto, l'adrenalina che mi scorreva nelle vene.

«Dice che quella è la signora cattiva e vuole che se ne vada.»

Seguii lo sguardo di Yo-Yo: era puntato sul cartello «In vendita» in fondo all'isolato. Un'insegna bianca e blu annunciava la vendita della proprietà da parte della Calhoun Realty e una foto ritraeva Brock insieme alla sua gemella Breanne, un ampio sorriso che gli addolciva il volto.

«La donna, giusto?» chiesi per conferma. «Non l'uomo?»

«Certo, la donna» convenne Gattavius. «Dice che lei lo chiudeva sempre in un armadio quando veniva gente in visita e che questo lo faceva sentire triste e spaventato.»

«*Mmm,* mi chiedo se si tratti della cabina armadio in cui sono stati trovati i corpi di Bill e Ruth.»

Gattavius fece un respiro profondo e si girò verso Yo-Yo.

«*Non dirglielo!*» gridai.

«Cosa dicono?» Charles mi diede un colpetto sul braccio, un'espressione di assoluta gioia: «Abbiamo una pista?»

Spostai lo sguardo dal cartello a Yo-Yo e infine a Charles: «Beh, a questo cane piacciono tutto e tutti, ma sembra detestare Breanne Calhoun. Dovremmo proprio farle una visitina.»

Mentre tornavamo alla macchina Charles telefonò a Breanne, o per lo menò ci provò.

«Risponde la segreteria telefonica» disse con un gemito di frustrazione.

«Mandale un messaggio» suggerii.

Lo fece e lei rispose quasi subito. Charles mi passò il telefono in modo che potessi leggere anch'io:

Sto lavorando. Tutto ok?

Restituii il telefono a Charles, che scrisse rapidamente la risposta ripetendo a voce alta ogni parola, così che anche io potessi seguire la discussione: «Possiamo vederci per discutere del caso?»

Seguì una rapida serie di bip e Charles riepilogò: «Stasera non può, ma dice che possiamo fare un salto domani dopo pranzo.»

«Grandioso» mugugnai. Il giorno dopo era già giovedì e lo speciale di mamma doveva andare in onda venerdì. Non ci restava molto tempo, soprattutto se Breanne si fosse rivelata un'altra falsa pista.

«E adesso cosa facciamo?» chiesi.

«Io ho una fame da lupi!» rispose Charles. «Conosci un posto in cui preparano i panini all'astice? Ne ho una voglia matta da quando mi sono trasferito qui.»

Mi bloccai di colpo: «Dici sul serio Charles Longfellow Terzo?»

«Che succede? Cosa ho fatto?»

«Vivi nel Maine da tutto questo tempo e non hai ancora provato i nostri famosi panini all'astice?»

Lui rise: «Ti ho detto che sono un po' un maniaco del lavoro?»

«È inaccettabile, Chuck» dissi sentendomi finalmente a mio agio a utilizzare quel nomignolo. «Dato che hai atteso così tanto, non basterà un panino qualsiasi. Dovrai assaggiare il migliore!»

«Sono perfettamente d'accordo. Quindi dove andiamo?»

«A Misty Harbor, in un piccolo locale chiamato Little Dog Diner. Sono certa che ti piacerà.»

10

La pausa per cena nella vicina cittadina di Misty Harbor si rivelò proprio ciò di cui io e Charles avevamo bisogno per calmare i nervi. Naturalmente, prima facemmo tappa a casa mia per non costringere Gattavius a passare altro tempo in auto, cosa di cui si mostrò estremamente grato; ma portammo con noi Yo-Yo e cenammo a uno dei tavolo all'aperto affacciati sulla baia. Gli servimmo anche una cenetta a base di pesce apposta per lui, che il cagnolino divorò con grande compostezza. Mi premurai anche di mettere da parte un po' di pesce in una scatolina da asporto per Gattavius per ringraziarlo di averci aiutati, e anche nella speranza che ci andasse piano con il famoso favore che gli dovevo.

Io e Charles restammo seduti a chiacchierare, mangiando panini all'astice finché il cielo iniziò a scurirsi e arrivarono altri clienti in attesa di un tavolo libero. Mi sembrò di riconoscere la donna dai morbidi capelli rossi che si avvicinò a noi con un sorriso chiedendoci se poteva occupare il nostro posto, ma non riuscii a ricordare dove l'avessi già vista. In ogni caso, sembrava molto impegnata perché, non appena recuperammo la nostra roba per andarcene, si lasciò cadere sulla sedia ed estrasse un laptop dalla borsa, il tutto ancora prima che il cameriere riuscisse a portar via i nostri piatti.

Mi dispiaceva per lei a vederla cenare da sola in una serata così bella, anche se, se non fosse stato per quell'uscita improvvisata con Charles, a quell'ora sarei già stata a casa in pigiama a litigare con Gattavius.

«Ehi» disse lui dandomi un colpetto sulla spalla «se non altro, so tenere separati lavoro e panini.»

Accidenti, il lavoro! Già, la nostra momentanea pausa dal caso doveva giungere al termine. Non ci rimaneva molto tempo.

«Ora possiamo provare a chiamare Michelle?» suggerii mentre ci dirigevamo al parcheggio.

«Certo. Usa il mio telefono» rispose lui. «Ho

salvato il numero in memoria, caso mai potesse servire.»

Tentai la fortuna ma una voce robotica mi informò che la casella della segreteria telefonica era piena e non era possibile lasciare un nuovo messaggio. «Fine della discussione» conclusi con un sospiro abbattuto.

«Ehi, domani è un altro giorno» mi disse Charles lanciandomi uno sguardo assorto.

Già, un nuovo giorno. L'ultima giornata intera che avevamo per dimostrare l'innocenza di Brock e impedire a mia madre di mandare in onda lo speciale. Anche con l'aiuto degli animali le cose non stavano andando bene come avevo sperato.

C'era davvero qualche possibilità che un nuovo giorno facesse la differenza?

GIOVEDÌ

Io e Charles trascorremmo l'intera mattinata in ufficio prima di dirigerci alla Calhoun Realty verso mezzogiorno. Lui aveva insistito molto perché portassimo gli animali con noi, ma per fortuna ero riuscita a convincerlo che avremmo dovuto incontrare Breanne da soli prima di coinvolgere Gattavius e Yo-Yo, soprattutto perché non avevamo idea di come avrebbe reagito il cagnolino vedendo Breanne di persona. Se era lei l'assassino e i ricordi di Yo-Yo fossero riaffiorati si sarebbe potuto scatenare l'inferno. E, a giudicare dalla sua reazione alla foto il giorno precedente, si trattava di una possibilità tutt'altro che remota.

Dovemmo aspettare più di mezz'ora prima che Breanne ci raggiungesse nel suo ufficio e, anche se ero certa che fosse una persona molto impegnata, quel ritardo me la rese subito invisa. Una delle cose che proprio non sopporto è chi non rispetta il tempo e gli impegni degli altri. Non si rendeva conto che la posta in gioco era la libertà di suo fratello?

«Sono spiacente» dichiarò quando, infine, ci condusse nel suo ufficio privato; ma non sembrava affatto dispiaciuta, nonostante avesse appena affermato il contrario.

Io e Charles prendemmo posto sulle due sedie abbinate di fronte alla scrivania e aspettammo che Breanne si accomodasse. Sembrava contrariata dal nostro arrivo, nonostante avessimo concordato di vederci.

«Come vanno le cose?» chiese Charles con la stessa espressione tesa che aveva mostrato durante il colloquio con Brock in prigione.

«Non molto bene» ammise lei avvolgendo i

capelli ramati in uno chignon disordinato sulla nuca. Ora che aveva i capelli legati, notai la forte somiglianza con il fratello. Era logico considerando che erano gemelli, ma lo trovai comunque notevole e un po' sconvolgente. Le uniche differenze erano il colore dei capelli e l'incurvatura più femminile del volto di lei.

Il viso le si contrasse per lo sgomento prima di gettarsi in una lunga spiegazione: «Al momento, metà della gente che mi contatta per lavoro non vuole affatto una casa: vogliono solo pettegolezzi su mio fratello. O peggio, a volte mi insultano per ciò che pensano che abbia fatto. Ciò nonostante, faccio tutti gli straordinari che posso, perché la parcella del vostro studio è cara e salata. Ma se Brock verrà condannato, potrò dire addio all'agenzia immobiliare.» Si lasciò andare a una risatina sarcastica e a un lungo sospiro: «Quindi sì, le cose non mi vanno molto bene.»

«Sono spiacente di rubarle tempo e capisco che è molto impegnata» disse Charles. Ma nemmeno lui sembrava dispiaciuto. «Ma dobbiamo approfondire ogni pista che ci si presenta e suo fratello mi ha chiesto di informarla di tutti i nuovi sviluppi del caso.»

Mi mossi a disagio sulla sedia, facendo del mio

meglio per non fissarla con aperta ostilità. Se avevo imparato qualcosa nei mesi precedenti, era che potevo fidarmi degli animali molto più che degli umani. Per quel che ne sapevamo, era possibile che Breanne recitasse la parte della sorella addolorata, ma che avesse incastrato il fratello per un crimine commesso da lei.

Ovviamente la prova più convincente a supporto della mia teoria era il fatto che un tipo sempre allegro e spensierato come Yo-Yo, che voleva bene a chiunque, si sentisse insicuro e si mettesse sulla difensiva solo a vedere una sua foto.

Che altra spiegazione poteva esserci?

Avrei voluto che Charles avesse accettato di portare con noi anche la nonna: avrebbe potuto svolgere un'indagine coi fiocchi mentre noi parlavamo con Breanne. Anche se l'avevo appena conosciuta, avevo già capito che non bisognava fidarsi di una singola parola che usciva da quelle labbra accuratamente truccate di rosso.

«Ci sono nuovi sviluppi?» chiese Breanne accavallando le gambe e fissando Charles. «Avanti allora, me li illustri.»

Charles mi lanciò un'occhiata a fece un profondo respiro. Oh accidenti, speravo proprio che non avesse intenzione di dirle che parlavo con gli animali o che sospettavamo di lei perché ce lo aveva detto il cane.

«Le presento Angie Russo» disse indicandomi.

Sorrisi e accennai un goffo saluto con la mano.

«È la miglior assistente legale di Blueberry Bay ed è stata assegnata al caso per aiutarmi a difendere suo fratello.»

«E sia» disse Breanne scuotendo il capo con disappunto. «Ma io ho assunto un avvocato, non un'assistente legale. Con la cifra che sborsiamo, il signor Thompson dovrebbe occuparsi personalmente della difesa di mio fratello. Non mi dica che ha indetto questa riunione solo per comunicarmi che ha una nuova assistente! Non è questo che voglio sentirmi dire per 275 dollari l'ora!»

«Non si preoccupi, questa chiacchierata non verrà fatturata» disse Charles con un sorriso ossequioso. Stranamente la tattica sembrò funzionare.

«Ah, davvero?» la bella agente immobiliare rizzò il busto sollevandosi sulla sedia. «Allora come posso aiutarvi?»

«Revisionando insieme ad Angie tutte le informazioni in nostro possesso, sono sorti alcuni quesiti riguardanti la scena del crimine. Sarebbe possibile andare a dare un'altra occhiata nel pomeriggio?»

«Volete vedere di nuovo la casa» commentò Breanne in tono piatto. «Suppongo che si possa fare.»

«Ottimo, la ringrazio.» Charles si alzò in piedi e tese la mano verso di lei. «Se ci può dare le chiavi non la disturberemo oltre.»

«Non così in fretta» rispose lei alzandosi a sua volta. «Il comitato che concede le licenze agli agenti immobiliari mi sta già tenendo d'occhio. Anche se Brock verrà scagionato, resta sempre il fatto che l'assassino potrebbe essere entrato in casa degli Hayes sfruttando la mia cassetta di sicurezza per impossessarsi delle chiavi. Alcuni insinuano perfino che abbia chiuso male e che sia per questo che i miei clienti sono stati assassinati. Non è incredibile?»

«Che rottura» mormorai. Ma a quanto pare, non era la cosa giusta da dire.

Breanne mi fissò, gli occhi ridotti a fessure e le labbra strette, poi si rivolse nuovamente a Charles: «Come ha detto che si chiama?»

«Angie Russo» risposi al posto suo, evitando volutamente di porgerle la mano per stringergliela. «Ora potremmo andare a vedere la casa?»

Mi fissò di nuovo negli occhi, questa volta sogghignando. Restammo a fissarci per qualche istante prima che lei finalmente si arrendesse e ci facesse strada fuori dal suo ufficio.

«Ci vediamo lì fra un quarto d'ora» disse Charles. «Prima dobbiamo fare una piccola sosta.»

«Va bene, ma non tardate. Ho un sacco di scartoffie di cui occuparmi e preferirei non passarci la nottata.»

Non aprii bocca finché non fummo al sicuro nell'auto di Charles, con tanto di cinture di sicurezza allacciate: «Non è adorabile?» commentai sarcastica.

Charles sembrava pensieroso mentre guardava Breanne mettere in moto un grosso SUV rosso ciliegia. «È molto sotto pressione in questo periodo; forse perfino più di suo fratello» spiegò. Aveva un'espressione quasi intenerita che mi diede il voltastomaco.

«Ma questo non significa che debba essere così scortese» ribattei. «E comunque, perché le hai chiesto di vedere di nuovo la casa? Pensavo che lo scopo della visita fosse scoprire se ha incastrato suo fratello.»

«Ma non possiamo andare da un cliente e chiedergli di punto in bianco se è colpevole, soprattutto se non è nemmeno la persona che siamo incaricati di difendere. Pensavo di andare a prendere gli animali per scoprirlo e intanto dare un'occhiata alla scena del crimine. In fondo tu non l'hai ancora vista. Potresti notare qualcosa che mi è sfuggito. E Yo-Yo potrebbe ricordare qualcosa, ritrovandosi in casa sua.»

«Ieri Yo-Yo sembrava piuttosto certo che il colpe-

vole fosse Breanne. L'ha definita 'la signora cattiva'»
gli ricordai.

Charles tenne lo sguardo fisso davanti a sé come
per raccogliere i pensieri, riflessioni private che non
era pronto a condividere con me. «Sì, però io conosco
Breanne meglio di te e non credo che sia stata lei.»

«Io invece sì» replicai incrociando le braccia sul
petto come una bambina arrabbiata. Anche se prima
non mi fossi sentita minacciata da Breanne, ora di
certo era così, dato che Charles continuava a prendere le sue difese nonostante le prove che avevamo
contro di lei. Sembrava che il ragazzo per cui avevo
una cotta si fosse preso una cotta a sua volta.

Forse Gattavius aveva ragione: forse avrei dovuto
cercarmi qualcuno che preferiva i gatti e relegare lo
struggimento per Chuck al passato.

Ma poi lui mi rivolse un ampio sorriso, mi prese la
mano e la strinse delicatamente: «C'è solo un modo
per scoprirlo. Andiamo!»

Per un attimo mi mancò il fiato. Sì, ero pronta a
seguirlo ovunque e non soltanto perché era affascinante, ma anche perché era intelligente, gentile e si
impegnava per fare giustizia.

Ed era un bene perché ci stavamo recando proprio
nella casa in cui, di recente, due persone erano state
assassinate...

11

Io e Charles arrivammo alla casa degli Hayes venti minuti dopo; Breanne ci aspettava nel SUV parcheggiato nel vialetto. Quando ci vide scendere, ciascuno con il proprio animale al guinzaglio, scese precipitosamente dall'auto sbattendo la portiera con più forza di quanta pensavo potesse avere.

Yo-Yo ringhiò e scoprì le minuscole zanne, ma non cercò di fuggire dalle braccia di Charles, nonostante l'ansia legata alla presenza di una persona che detestava e la gioia smodata per essere finalmente di nuovo a casa.

«Cosa ci fanno qui questi animali?» chiese Breanne marciando dritto fino a noi e bloccandoci la strada.

Io e Gattavius attraversammo il prato ed

entrammo, lasciando Charles a tentare di rabbonire l'agente immobiliare infuriata: nessuno dei due sarebbe stato d'aiuto in questo senso.

Appena entrati l'odore penetrante dei prodotti chimici mi colpì le narici come un pugno.

Gattavius fiutò l'aria e iniziò immediatamente a strofinarsi una zampa sul muso: «*Puah!*» ripeteva a ogni passo mentre ci inoltravamo nella casa. «Voi umani avete un vero talento per contaminare i vostri ambienti. Non so per quanto riuscirò a resistere.»

«Nemmeno io» risposi sollevando il colletto della camicetta a coprirmi il viso come un filtro improvvisato. «Immagino che abbiano dovuto pulire a fondo dopo...»

Gattavius proseguì da dove mi ero fermata: «Quei brutali omicidi? Già.» Le sue parole mi arrivarono attutite per via della zampa che gli copriva naso e bocca.

Lo guardai chiedendomi dove saremmo dovuti andare, ma lui mi ignorò. Invece, sollevò il capo e fiutò coraggiosamente l'aria, poi partì di corsa dirigendosi su per le scale senza un attimo di esitazione.

«Aspetta» gli gridai senza riuscire a stargli dietro. «Dove stai andando?»

Non rispose, ma una volta arrivata in cima alle scale lo trovai seduto in una camera da letto in fondo al corridoio. La grande stanza era completamente vuota, contrariamente a tutte le altre nelle quali avevo avuto modo di sbirciare. Inoltre, l'odore di prodotti chimici lì era ancora più forte; ma a parte questo le pareti e il parquet avevano un aspetto immacolato.

Mi sentivo un po' in colpa a entrare lì dentro, ma quella sensazione svanì quando riuscii ad aprire le finestre e far entrare un po' d'aria fresca, non impregnata di quel puzzo.

Gattavius saltò sul davanzale con aria soddisfatta: «Finalmente riesco di nuovo a respirare!» disse con un sospiro appagato. «Temevo che sarei morto anch'io qui dentro.»

Gli posai una mano sul fianco e lo fissai: «È troppo presto, Tavius. Troppo presto.»

Frustò l'aria con la coda, agitato: «Cos'è, una punizione? Devo forse rinunciare a un'altra parte del mio nome? Che fine ha fatto *Gat*? Eh?»

«Non lo so» risposi con sincerità, un sorriso che mi attraversava il volto. «Ultimamente hai trovato soprannomi per tutti, perciò forse dovrei provarci anch'io. Ma contrariamente a te, sto solo cercando di sdrammatizzare un po' la situazione, considerando che sono piuttosto sicura che questa sia la stanza in cui Bill e Ruth sono morti.»

«La stanza in cui sono stati *assassinati,* vorrai

dire» mi corresse lui sottolineando volutamente la brutalità del fatto. «E vedi di non dimenticarti *Gat* la prossima volta: è la parte più importante del mio nome.»

«Va bene, ma ora cerchiamo di concentrarci, ok? Qui sono state uccise due persone» sussurrai, nel caso in cui Breanne riuscisse a sentirci dall'esterno. Non sentivo la sua voce e non avevo idea di dove si trovassero lei, Charles e Yo-Yo, quindi forse eravamo al sicuro per ora. In ogni caso, era sempre meglio prendere qualche precauzione in più per evitare che qualcun altro venisse a conoscenza delle mie particolari capacità. «Vediamo cosa riusciamo a scoprire mentre siamo qui e abbiamo la possibilità di dare un'occhiata in giro.»

«Sissignora» rispose sarcastico il tigrato con un altro energico colpo di coda.

Un uccellino che cinguettava sull'albero di fronte alla finestra attirò all'istante la sua attenzione. Gattavius si alzò lentamente su due zampe con la testa immobile, fece ondeggiare il posteriore ed emise un verso, una buffa imitazione del richiamo del volatile.

Anziché prenderlo in giro, alzai gli occhi al cielo e percorsi il perimetro della stanza. Almeno uno di noi doveva mettersi al lavoro prima che quell'ottima opportunità sfumasse e, a quanto pareva, dovevo essere io a farlo.

Trovai quasi subito una porta nascosta in un angolo che conduceva a un'imponente cabina armadio. Era lì che Bill e Ruth erano stati ritrovati anche se nulla, ad eccezione dell'odore di prodotti chimici, faceva supporre che vi fosse accaduto un fatto tanto raccapricciante: era un semplice spazio vuoto, privo di qualsiasi traccia.

«È qui che li hanno trovati» disse Charles alle mie spalle facendomi sobbalzare.

«Non puoi arrivare così di soppiatto nel bel mezzo di una scena del crimine» sussurrai voltandomi verso di lui in modo che potesse vedere l'espressione scontenta sul mio volto.

Aggrottò la fronte e strinse le labbra, contrito. Se non altro sembrava sinceramente dispiaciuto: «Scusami. Non era mia intenzione spaventarti, ma non abbiamo molto tempo. Breanne non è per niente contenta e ha minacciato di chiamare Thompson e sporgere reclamo.»

Scossi il capo e feci un passo indietro quando mi resi conto che io e Charles eravamo vicinissimi. Ero attratta da lui, certo, ma non era né il momento né il luogo. «Solo perché abbiamo portato degli animali? Almeno ha riconosciuto Yo-Yo?»

Sentendo pronunciare il suo nome lo Yorkshire entrò come un fulmine nella stanza e iniziò a correre in ampi cerchi, così veloce da sembrare una macchia di colore sfocata.

«Qualcuno ha la mattana» dichiarò Gattavius saltando giù dal davanzale e raggiungendoci nella cabina. «Ha fatto volare via la mia preda. Stavo per acchiapparla!»

Decisi di non fare parola del fatto che anche lui, di tanto in tanto, aveva la mattana e correva come un pazzo per casa; o che non c'era la minima possibilità che acchiappasse quell'uccellino, e non solo perché la sua imitazione del richiamo non era affatto convincente, ma anche perché c'era il vetro della finestra di mezzo. Se ci aggiungiamo il fatto che i gatti non volano, ecco la definizione perfetta di «situazione impossibile».

Restammo a guardare Yo-Yo correre gioioso in ampi cerchi fino a crollare a terra stremato e ansante al centro della stanza.

«Cos'è accaduto con Breanne?» chiesi a Charles mentre Gattavius si avvicinava diligentemente al cagnolino e iniziava a chiacchierare con lui.

«Ha detto che abbiamo superato il limite e che pensa che siamo pazzi.» La sua espressione era indecifrabile, ma immaginavo come doveva sentirsi in quel momento.

Il cuore iniziò a martellarmi nel petto. Già non mi piaceva che Charles sapesse il mio segreto, ma se l'avesse raccontato a qualcun altro? «Le hai detto...»

«No» mi interruppe. «Ma dovevo darle una qualche spiegazione, così le ho detto che si tratta di animali di supporto emotivo.»

Non c'era da meravigliarsi che pensasse che eravamo fuori di testa: lui glielo aveva praticamente confermato.

«Quanto tempo abbiamo?» chiesi, incapace di resistere all'impulso di mordicchiarmi una delle tante pellicine. Urgeva una manicure non appena tutto questo fosse finito.

«Mezz'ora al massimo» rispose nuovamente accigliato.

«Allora è meglio darsi da fare.» Mi avvicinai lentamente agli animali e mi sedetti accanto a loro a gambe incrociate. Speravo che l'odore di sostanze chimiche proveniente dal tappeto non mi impregnasse gli abiti, ma sarebbe stato comunque un piccolo prezzo da pagare se avessimo trovato il modo di scagionare Brock.

«Che cosa dice?» chiesi a Gattavius accennando verso il piccolo testimone oculare a quattro zampe.

«Molte cose. Troppe» disse Gattavius sdraiandosi sulla schiena, l'addome rivolto al soffitto. Sembrava esausto anche se stava parlando con Yo-Yo da non più di due minuti.

«Potresti dirmene qualcuna?» chiesi resistendo all'impulso di accarezzargli il pancino. Qualcosa mi diceva che non gli serviva un'altra scusa per darmi un morso: avrebbe potuto farlo già solo per scaricare lo stress e non era il momento di creare altre tensioni.

Il tigrato sbadigliò e l'odore di tonno del suo alito, mescolato al puzzo chimico del tappeto, mi diede il voltastomaco. «Dice qualcosa sui padroni e l'assenza da casa. Lui era nell'armadio, loro erano nell'armadio, bla bla bla bla.»

«Cosa? Nessun *bla bla bla!* Che cosa ha detto? Voglio sapere le parole esatte!» Gli diedi una spintarella; lui rotolò su un fianco e io insistetti finché non alzò gli occhi e si concentrò sulle mie parole.

Gattavius ringhiò, si alzò e si allontanò di qualche passo in modo da trovarsi fuori dalla mia portata: «Ti ho detto tutto ciò che ricordo. Parla molto in fretta. E incessantemente, aggiungerei. Dopo un po' è solo un fastidioso rumore di fondo.»

Mmm, proprio come te, Gattavius.

Mi sfuggì un gemito e Yo-Yo mi si precipitò in grembo leccandomi freneticamente il viso. «Non posso crederci!» rimproverai il felino disobbediente. «Siamo venuti qui apposta per indagare sull'omicidio e tu non ti disturbi nemmeno a prestare attenzione per due minuti?»

«Non starò a sentire altre lamentele!» disse Gattavius tirandosi su in tutta fretta e correndo fuori dalla stanza.

Yo-Yo si rianimò e saltò giù per dargli la caccia.

«Beh, suppongo che ora abbiamo ancora meno tempo» dissi a Charles rialzandomi a mia volta. «Dov'è Breanne ora?»

Charles era in piedi nella cabina armadio e osservava con attenzione le pareti, come se fossero la cosa più interessante al mondo. «Nella sua auto» borbottò senza staccare gli occhi dal muro. «Ha detto che doveva fare delle telefonate.»

Sentivo un nodo in gola. Sapevamo entrambi che una di quelle chiamate poteva essere per il nostro capo. Anche se dovevamo sfruttare al meglio il poco tempo a nostra disposizione, dovevo anche andarci piano se c'era di mezzo il capo: il signor Fulton era sempre stato gentile e soddisfatto del mio lavoro, ma il signor Thompson, al momento l'unico socio senior dello studio, non perdeva mai occasione di mostrarsi scontento nei miei confronti.

Se Bethany aveva ragione sul fatto che era intenzionato a sbarazzarsi di Charles dopo la sconfitta in un processo impossibile, di sicuro avrebbe colto la palla al balzo per liberarsi anche di me.

Sigh. Perché doveva sempre essere tutto così difficile?

«Dovremmo seguirli?» chiesi facendo un cenno verso la porta da cui gli animali erano usciti rumorosamente.

Charles spostò lo sguardo da me alla porta, poi di nuovo a me e scosse il capo: «Magari tra un po'. Prima ascoltami: c'è un aspetto della scena del crimine che mi è sempre sembrato un po' strano. Forse tu puoi aiutarmi a venirne a capo.» Rovistò nella borsa ed estrasse la cartella gigante con la documentazione dell'accusa.

Proprio come temevo, andò dritto alle foto dei corpi insanguinati e senza vita di Bill e Ruth. Non avevo voluto guardarle la prima volta e di certo non avrei voluto farlo ora.

Ma non volevo nemmeno vedere un innocente trascorrere il resto della vita in prigione; così presi dalla borsa una pastiglia contro l'acidità di stomaco, me la ficcai in bocca e mi costrinsi a esaminare le fotografie.

Questa volta le osservai con grande attenzione, proprio come mi aveva chiesto Charles.

E sapete una cosa? Finalmente trovammo qualcosa di utile!

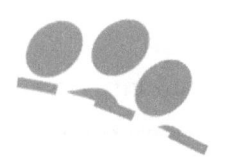

12

Anche se avevo poca esperienza con omicidi e scene del crimine, qualcosa in quelle foto mi saltò subito all'occhio.

«Possiamo sistemarle nella cabina armadio?» chiesi restituendole a Charles.

Lui annuì, si inginocchiò e iniziò a posizionare le fotografie nei punti corrispondenti del luogo del ritrovamento. Impiegammo qualche minuto per accertarci che le angolazioni fossero rappresentate con la massima accuratezza.

«Ok, ora fammi capire» dissi sfregandomi il mento con l'indice. «Cosa ci dicono esattamente queste immagini?»

Charles ne indicò una sulla sinistra: «Dall'angolazione dello schizzo di sangue sappiamo che l'assassino si è avvicinato alle vittime da destra.»

Entrambi osservammo la parete, fino a non molto tempo prima tinta di sangue. Ora era di un bianco immacolato.

«Ok, che altro? «chiesi mordicchiandomi una pellicina, ora che la pastiglia per l'acidità si era sciolta del tutto. Mi serviva qualcosa per ancorarmi al presente in modo che la paura non avesse la meglio su di me.

Charles osservò tutte le foto prima di tornare a rivolgersi a me: «Pensiamo che Bill sia stato ucciso per primo e che Ruth sia morta pochi minuti dopo, quando è arrivata per vedere cosa stava succedendo.»

Non ne sapevo niente, ma d'altra parte finora non avevo voluto chiedere dettagli sulla scena del crimine. Una cosa era certa: dovevo assolutamente trovare il modo di diventare meno impressionabile, soprattutto considerando che di recente le indagini su casi di omicidio stavano diventando un'abitudine.

Annuii: «Ok. Da cosa lo capisci?»

«Il sangue di Bill aveva impregnato di più il tappeto e si era sparso maggiormente rispetto a quello di Ruth; tuttavia, è questione di pochi minuti, quindi è difficile stabilirlo con certezza» mi spiegò Charles con voce ferma. Mi chiedevo se il pensiero di tanta brutalità lo sconvolgesse quanto capitava a me. Se era così, riusciva a nascondere bene le sue emozioni.

«Mmm» dissi riflettendo sulle informazioni che mi aveva fornito. Dopo un momento di silenzio ricco di tensione, presi una matita dalla borsa e tracciai nel modo più preciso possibile lo schizzo di sangue sulla parete. L'arte non era di certo il mio talento segreto, tutt'altro, ma tutto sommato il risultato era soddisfacente.

In preda al panico Charles cercò di strapparmi la matita di mano: «Che stai facendo?» chiese, un'espressione di orrore sul bel volto. Tuttavia dovevo ammettere che quel giorno lo trovavo meno affascinante rispetto all'inizio della settimana: forse a farmi passare i bollenti spiriti era il fatto di associarlo, almeno a livello inconscio, all'omicidio degli Hayes.

«Sto cercando di far corrispondere i fatti alle conclusioni che se ne traggono» dichiarai sentendomi proprio come Sherlock Holmes. Beh, se Holmes avesse avuto una cotta altalenante per Watson. Ok, non avevo ancora fatto nessuna scoperta rivoluzionaria, ma qualcosa mi diceva che se avessi proseguito su quella linea avremmo trovato proprio quel che ci serviva per scagionare Brock.

Purtroppo il mio Watson non era molto ben

disposto verso il mio modo di procedere: «Ma Breanne...» tentò di ribattere.

«Tanto è già arrabbiata» dissi a denti stretti. «Questo non può peggiorare molto la situazione.»

Charles sospirò ma si spostò di lato per farmi terminare la mia opera.

Ignorando le goccioline più piccole, riprodussi attentamente il contorno dello schizzo di sangue principale. Poco dopo feci un passo indietro, soddisfatta del risultato.

«Ora,» dissi strofinando le mani sui pantaloni anche se non erano affatto sporche, «dobbiamo completare la preparazione della scena del crimine. Tu farai Bill e io l'assassino. Hai qualcosa che possa fungere da martello?»

«Uhm...» spostò il peso da un piede all'altro, a disagio. Sembrava non avere la minima idea di cosa intendessi fare, e io non volevo perdere tempo a spiegarglielo, soprattutto considerando che Breanne poteva fare irruzione e cacciarci via da un momento all'altro.

«Non importa, possiamo usare questo.» Presi il guinzaglio verde neon di Gattavius e lo piegai più volte fino a fargli raggiungere all'incirca la lunghezza di un martello, quindi lo legai alle estremità con degli elastici per capelli per mantenerlo in posizione. «Hai dei post-it?»

Charles rovistò nella borsa e ne estrasse un blocchetto di foglietti dai colori vivaci che mi porse prontamente: «Possono sempre tornare utili» disse con una scrollata di spalle. «In effetti non so a cosa serviranno, ma sono curioso di scoprirlo.»

«Bene» dissi fissandolo attentamente per un momento. Sorrideva e questa era già una vittoria. «Ora stenditi nella posizione in cui è stato ritrovato Bill. Nello stesso punto, mi raccomando!»

Lo fece, mettendosi disteso sulla pancia, con le braccia sopra la testa piegate ad angolazioni strane. Era inquietante vederlo disteso a quel modo come la vittima delle foto, soprattutto perché la mia mente inserì automaticamente i dettagli mancanti, come il sangue e i grossi lividi.

Scossi il capo per scacciare quell'immagine cruenta, poi presi la foto del cadavere di Bill e posizionai dei post-it sulla testa e sulla schiena di Charles nei punti colpiti dal martello. Erano tre: uno sulla nuca, uno su un lato del viso e l'ultimo vicino alla spalla.

«Ok. Ora alzati in piedi» gli dissi facendo un passo indietro per lasciargli spazio.

Charles obbedì senza dire nulla; intuivo che era

incuriosito e voleva vedere dove saremmo andati a parare.

«Quanto era alto Bill?» chiesi facendogli cenno di voltarsi in modo da poter osservare la posizione dei post-it sulla schiena.

«Circa un metro e settantotto» rispose dopo una breve riflessione.

«E tu quanto sei alto?»

«Un metro e ottantadue.»

«E quanto è alto Brock?»

«Uno e novantatré.»

A quei numeri aggiunsi mentalmente la mia altezza, un metro e settanta, poi presi ad appoggiare la mia arma improvvisata su ciascun post-it. Con il cellulare scattai una foto per ciascuno.

«Ok, girati.» Aprii l'app store e scaricai un'app per le misurazioni mentre spiegavo a Charles il passaggio successivo. «Brock è alto quindici centimetri più di Bill. Quindi ora dobbiamo fare finta che io sia quindici centimetri più alta di te. Puoi accovacciarti in modo da riuscirci?»

Sollevai il cellulare da terra fino alla spalla e lo tenni fermo mentre Charles si metteva in posizione, un po' tremante. Presi di nuovo le misure con il finto martello e scattai foto di ciascuna.

«Ora esaminiamo queste» dissi aiutandolo a rialzarsi in piedi. Osservammo attentamente le sei foto sul telefono. «Queste tre sono state scattate con la nostra differenza di altezza, mentre queste tre ricreano la differenza d'altezza tra Bill e Brock. Noti qualcosa?»

Charles afferrò il telefono eccitato e scorse più volte tutte le foto; poi posammo il cellulare sul pavimento accanto alle foto della scena del crimine. Spostò lo sguardo dalla parete dove avevo riprodotto lo schizzo di sangue alle foto.

«Considerando l'angolazione dello schizzo di sangue e la posizione delle ferite, il primo set di foto sembra molto più accurato.»

Annuii: «Se Brock avesse sferrato quei colpi a Bill, avrebbe dovuto piegare il polso in modo strano, così, e sferrare un colpo ampio, tipo uno swing da golf. Sarebbe stato molto più naturale ed efficace colpirlo dall'alto.»

«Quindi pensi che l'assassino sia decisamente più basso di lui?»

«Sì, ma ricreiamo la stessa scena con Ruth prima di trarre delle conclusioni definitive.»

Ripetemmo la procedura con me nel ruolo della vittima. Ruth era stata uccisa con una sola martellata proprio in cima alla testa.

«Vedi?» dissi a Charles mentre esaminavamo i

due set di foto risultanti. «Perché avrebbe dovuto assestare il colpo letale a Ruth in cima alla testa, ma non a Bill?»

«Perché non ci arrivava!» rispose Charles entusiasta.

Annuii, lieta di constatare che concordava con la mia teoria. «In effetti sono abbastanza sicura che l'assassino sia una donna. O un uomo piuttosto basso. In ogni caso, non Brock.»

«Quindi dobbiamo cercare qualcuno che sia alto più o meno...» I suoi occhi trovarono i miei e vi si trattennero.

«Come me» confermai.

Charles prese la cartella dell'accusa e la sfogliò rapidamente, mormorando i nomi di tutti i testimoni e delle altre persone coinvolte mentre le passava in rassegna: «Non può essere stato Brock. E neanche il capo di Bill: sono entrambi alti.»

Sapevo bene a chi portava questa nuova scoperta, ma Charles doveva arrivarci da solo.

«Quasi tutti sono troppo alti o troppo bassi» mormorò riponendo il plico nella borsa.

«Ma sappiamo che c'è almeno una persona che ha a che fare con questo caso ed è alta all'incirca quanto me» puntualizzai.

«Breanne» ammise Charles con un sospiro. «Era ciò che temevo.»

Il rumore improvviso di passi sulle scale dipinse un'espressione inorridita sul volto di entrambi. Sapevamo esattamente di chi si trattava.

«Ok, tempo scaduto!» strillò Breanne facendo irruzione nella stanza. Il suo volto si fece ancora più livido di rabbia alla vista di me e Charles seduti sul pavimento della cabina armadio, circondati dalle foto della scena del crimine e con la stessa espressione colpevole in volto.

«Che diavolo state facendo?» chiese mettendosi le mani sui fianchi. «E dove sono i vostri dannati animali?»

Uh-oh. Le cose si mettevano male. Anzi, malissimo.

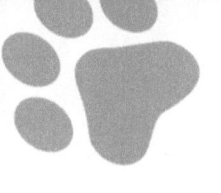

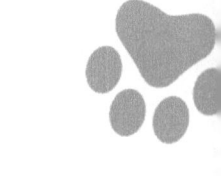

13

Schizzai fuori dalla stanza così in fretta che Breanne non sarebbe riuscita a fermarmi neanche se ci avesse provato. Forse ero un po' melodrammatica, ma stare nella stessa stanza con un potenziale assassino mi faceva sentire in trappola. Inoltre, il suo arrivo mi ricordò che era da un po' che non vedevo gli animali: per quel che ne sapevo potevano anche essere riusciti a fuggire dalla casa.

Per fortuna trovai Gattavius quasi subito: era in cima al frigo, il pelo ritto e l'espressione furiosa. Yo-Yo guaiva, ritto sulle zampe posteriori, grattando la porta del frigorifero con le unghie nel vano tentativo di raggiungere il gatto.

«Perché mi hai abbandonato?» chiese con rabbia Gattavius.

Alzai le mani in segno di resa: «Ehi, se tu che te ne sei andato a indagine in corso. Potevi tornare in qualsiasi momento.»

«Non con l'id*yo-yo*ta che mi dà la caccia» ringhiò.

Era seccato, ma lo ero anch'io: avrebbe dovuto fare da tramite per consentirci di comunicare con il cagnolino, ma ci aveva a mala pena provato.

«Quindi non hai concluso niente di utile in tutto questo tempo?» chiesi con un sospiro frustrato.

Mi fissò dritta negli occhi, arrabbiato, senza sbattere le palpebre: «Ho lottato per difendere la mia vita e la mia dignità! Non c'è niente di più importante.»

Scossi il capo e mi chinai a prendere in braccio Yo-Yo. «Dobbiamo andare» sussurrai a Gattavius. «E quando gli altri due torneranno giù non potrò parlare con te.»

«Cosa sta succedendo qui?» tuonò Breanne comparendo all'improvviso ai piedi delle scale. Sul serio, perché la gente continuava ad arrivarmi alle spalle all'improvviso? Mi dava i brividi fino al midollo.

«Stavo solo dicendo loro che è ora di andare» risposi in tutta onestà.

Charles ci raggiunse un attimo dopo. «Ho recuperato la nostra roba» disse porgendomi il guinzaglio di

Gattavius ancora piegato e legato. «E dicevo a Breanne che rivernicerò io stesso il muro.»

Già, per coprire l'enorme danno che avevo fatto con qualche tratto di matita.

«Vi ho assunti per facilitarmi la vita, non per complicarmela» disse Breanne lanciandoci un'occhiataccia.

«Le chiediamo umilmente scusa» dissi a nome di entrambi. «Potrebbe essere stata colpa mia.»

Lei mi rivolse uno sguardo gelido: «Oh, lo so bene. Per questo esigo che venga rimossa dal caso di mio fratello.»

Sentii un nodo allo stomaco. Non sarebbe dovuta andare così. Io e Charles avremmo dovuto presentare la nostra teoria sull'altezza dell'assassino e utilizzarla per scagionare Brock appena in tempo, ma sarebbe stato tutto molto più difficile se Breanne si fosse messa in mezzo.

Come potevo spiegarglielo senza farla infuriare ancora di più? Non ne avevo idea, ma dovevo fare un tentativo: «Ma...»

«Niente ma! Non ha fatto altro che danneggiare la proprietà che sto cercando di vendere e distrarre il mio avvocato dal lavoro che dovrebbe svolgere.»

«L'avvocato di Brock» la corressi senza riflettere.

Fuori di sé dalla rabbia, Breanne batté un piede

sulle piastrelle della cucina dando ancora più enfasi alle sue parole: «Non voglio vedere mai più né lei né i suoi dannati animali da pet therapy. E farò una bella chiacchierata con il signor Thompson per fargli sapere quanto sia delusa dai miseri risultati raggiunti dal suo staff finora.»

Deglutii e mi sforzai di restare in silenzio, resistendo all'impulso di difendermi e di accusarla. Yo-Yo si rizzò fra le mie braccia e iniziò a ringhiarle contro.

«Che diavolo di problema hanno quei cani minuscoli? Perché ce l'hanno sempre con me?» mugugnò Breanne mentre ci spingeva senza tanti complimenti alla porta. «I proprietari di questa casa ne avevano uno proprio come quello. Una bestiaccia insopportabile. È per questo che preferisco di gran lunga i gatti.»

«Ha detto che le piacciono i gatti?» chiese Gattavius affrettando il passo per andare a strofinarsi contro le caviglie dell'agente immobiliare. Non avevo idea di cosa pensasse di guadagnare il tigrato da un gesto così esageratamente civettuolo. «Mi piace questa tipa» disse facendo le fusa.

Breanne si chinò ad accarezzargli la testolina striata, rilassandosi un po' mentre strofinava il pelo setoso del micio.

«Oh, sì! Mi piace moltissimo!» esclamò Gattavius

sdraiandosi su un fianco e mostrando la pancia. Che razza di traditore!

Lei sospirò: «Suppongo che non ci sia tutta questa fretta di telefonare al signor Thompson, vero tesorino? Ma non voglio comunque che lei continui a lavorare al caso.»

«Chiaro» risposi freddamente.

«Cos'era quella sceneggiata?» chiesi al mio gatto quando fummo finalmente tutti al sicuro nell'auto di Charles.

«A cosa ti riferisci?» Gattavius fece spallucce, mantenendo la massima compostezza finché l'auto non si mise in moto. «A volte un giovanotto ha bisogno delle attenzioni di una bella donna. Inoltre, ti ho salvato il culo, quindi non mi lamenterei se fossi in te.»

Scossi il capo, lasciandomi sfuggire un gemito. Dovevo andarci piano o mi sarei ritrovata con un'emicrania da record.

«Che cosa dice?» chiese Charles facendo un cenno del capo verso Gattavius.

«Lascia perdere» borbottai.

Charles non insistette, ma chiese: «Dove andiamo adesso? Dovremmo fare un'altra chiacchierata con gli animali, ma non credo che sarebbero i benvenuti in ufficio.»

«No» concordai pensierosa. «Ma so dove potremmo andare. Gira a sinistra appena usciamo da qui.»

* * *

La nonna venne ad aprire la porta con indosso un kimono così lungo da arrivarle ai piedi, decorato con una stampa a rose. I capelli bianchissimi, tagliati in un caschetto alla moda, le incorniciavano il viso e una spessa frangia le ricadeva elegantemente sulla fronte.

«Stai benissimo» dissi spingendola in casa. Quella era stata anche casa mia fino a sei mesi prima, quando lei mi aveva costretta ad andare a vivere per conto mio, dicendo che ormai ero grande abbastanza e dovevo diventare indipendente. Ciò nonostante, andavo a trovarla un paio di volte a settimana: era la donna che mi aveva cresciuta, nonché la mia migliore amica e la persona di cui mi fidavo di più al mondo.

Per questo avevo deciso di andare da lei.

Gli animali mi seguirono dentro casa e io puntai un dito in direzione di Charles: «Lui è Charles. È l'avvocato incaricato del caso per cui mi hai dato una mano l'altro giorno.»

Wow, davvero erano passati solo due giorni dalla

nostra fallimentare visita all'agenzia di stampa? *Non sembrava possibile.*

«È molto carino» disse la nonna sbattendo le ciglia.

Charles si schiarì la gola e abbassò lo sguardo, imbarazzato; a vederlo così mi venne da ridere. La nonna flirtava sempre con sfrontatezza, ma lo faceva solo in modo scherzoso. Erano passati più di dieci anni da quando il nonno era morto e lei non aveva mai frequentato nessuno da allora e dubitavo fortemente che avrebbe fatto eccezione per Charles, a prescindere da quanto entrambe lo trovassimo attraente. Inoltre, presto l'avrebbe associato anche lei al doppio omicidio, proprio come capitava a me.

Tornando a voltarsi verso di me la nonna chiese: «Siete qui per lavorare al caso?»

«Sì. Sei dei nostri?» chiesi conducendo il gruppetto in soggiorno, la zona migliore in cui accomodarci tutti.

«Oh cara, mi conosci» rispose facendo nuovamente gli occhi dolci a Charles. «Sono sempre pronta a tutto.»

Lui arrossì, non sapendo bene come reagire alle allusioni di un'anziana signora. «In realtà non sono certo che...»

«Puoi fidarti della nonna» insistetti.

«Firmerò un accordo di riservatezza» aggiunse lei.

Charles sembrava un animale in trappola, ma alla fine accettò con un'alzata di spalle: «E va bene» disse. «Ha una stampante? Così provvedo subito all'accordo!»

La nonna gli fece strada fino al piccolo ufficio al piano di sopra, poi tornò da noi in soggiorno. «Lui sa che tu...?» Rivolse uno sguardo eloquente a Gattavius. «Beh, sai a cosa mi riferisco.»

«Purtroppo sì» gemetti. E quella era un'altra probabile motivazione per cui io e Charles non saremmo mai diventati una coppia.

La nonna inspirò bruscamente e scosse il capo, sconfortata: «Non dovresti andare a raccontarlo a tutti, tesoro. Non è una cosa saggia.»

«Credimi, non l'ho fatto.» E in breve la ragguagliai sull'intera faccenda del ricatto.

Quando Charles tornò con il modulo stampato la nonna lo colpì al petto.

«Ahia!» si lamentò lui. «Perché lo ha fatto?»

«Sei fortunato che mia nipote sia una persona tanto indulgente. Se dovessi ricattarla di nuovo, dovrai vedertela con qualcuno molto meno propenso al perdono. Dovrai vedertela con me!» Si alzò sulla punta dei piedi e lo fissò minacciosamente, nonostante la bassa statura.

«Sì, signora!» rispose lui stringendosi l'accordo al petto. Ora sembrava quasi intimorito a porgerglielo.

Alzai gli occhi al cielo: «Basta sceneggiate! Abbiamo un sacco di lavoro da fare e il tempo stringe.»

Charles aprì la borsa e iniziò a sparpagliare documenti sul tavolo. La nonna si ritirò dicendo che andava a preparare il caffè. Colsi l'occasione per andare di sopra a stampare le foto scattate a casa degli Hayes.

Al mio ritorno trovai Gattavius seduto al centro del tavolo, intento a spargere fogli ovunque con gli scatti della coda.

«Non ha intenzione di spostarsi» mi disse Charles accigliato.

«Un luogo rialzato e al centro dell'attenzione è il modo migliore per accertarmi che tu mi protegga dall'idyo-yota» mi spiegò Gattavius. «Non voglio che tu ti immerga nel lavoro al punto da dimenticarti dello splendido gatto che ha reso possibile tutto questo.»

Accidenti, era così vanitoso! E ancora più ostinato.

«Cosa ti ho detto di quel soprannome?» domandai irritata.

Gattavius sbadigliò, neanche un minimo dispiaciuto: «La penso così, quindi lo chiamo come merita.»

«Va bene, se tu non collabori con noi, noi non collaboreremo con te. Ehi Yo-Yo!» gridai sollevando il gatto e posandolo sul pavimento in modo che il cane potesse leccarlo riempiendolo di bava.

Gattavius sfoderò gli artigli, rizzò il pelo e fuggì in cucina con una lunga sequela di parolacce in gattese.

Un paio di minuti dopo arrivò la nonna. Teneva il tigrato tra le braccia e lo coccolava con dolcezza. «Cos'hai fatto a questo povero micino?» chiese.

«Non credere a una sola parola di ciò che dice!» strillai. «Gli piace troppo fare la vittima.»

«Zitta tu! È solo un piccolo gattino innocente» si inalberò la nonna riempiendo di baci il felino compiaciuto. Anche se non era in grado di parlare con gli animali come facevo io, a volte si comportava proprio come se ne fosse capace. Come in quel momento.

Charles non poté fare a meno di sogghignare: «Come ci si sente quando i ruoli si invertono?»

Gattavius rise, ma non sembrava divertito. «Tua

nonna mi vuole più bene di quanto me ne vuoi tu» mi derise. Trovò perfino il coraggio di farmi la lingua.

La nonna lo appoggiò sul tavolo, poi tornò in cucina a preparare il caffè.

«Vedi?» disse Gattavius. «Se non sai apprezzarmi come merito, posso sempre trovare qualcun altro che lo faccia.»

Lo sollevai, pronta a chiamare nuovamente Yo-Yo, ma la nonna tornò e mi fulminò con un'occhiataccia: «Lascia in pace quella bellezza. Lui è un bravissimo gattino, vero??»

Gattavius rise e sfrecciò sul tavolo, raggiungendola e iniziando a strusciarsi contro il suo petto facendo le fusa a un volume assurdo.

«Comunque, ecco qui il modulo» disse lei spingendo l'accordo di riservatezza in direzione di Charles. «Ora raccontatemi tutto!»

Feci un respiro profondo e la aggiornai su tutto ciò che sapevamo.

«*Mmm*» disse la nonna sedendosi pensierosa. «Sembra una bella gatta da pelare, ma credo di avere un'idea.»

Non vedevo l'ora di sentire cosa aveva da dire.

14

Puntammo tutti gli occhi sulla nonna, perfino Yo-Yo, nonostante non sapesse che stavamo indagando sul caso e non capisse il linguaggio degli umani, cosa di cui ero abbastanza sicura.

«Bene, ecco cosa ne penso...» disse la mia eccentrica nonnina mettendosi lo Yorkshire in grembo, con grande fastidio di Gattavius.

Questi schizzò attraverso il tavolo tornando accanto a me: «Bleah! Germi di cane» disse con una smorfia esagerata.

«Credo» continuò la nonna rivolgendosi a Yo-Yo con una vocina buffa «che nessuno abbia provato ad adulare un po' questo cagnolino. Continuate a metterlo in situazioni stressanti aspettandovi che riesca a ricordare. Perché non dedicare un po' di tempo a provare a conoscerlo, farlo sentire a suo agio e poi provare ad affrontare la...?»

Esitò, valutando bene la parola da usare per concludere la frase. «Ehm, la conversazione» concluse con un sorriso impacciato.

Io e Charles ci scambiammo un'occhiata e alzammo le spalle.

«Suppongo che valga la pena fare un tentativo» dissi con un breve cenno del capo. Speravo che la mia cara nonnina ci avrebbe aiutati a studiare meglio la documentazione e le foto della scena del crimine, però, purtroppo, quando si metteva qualcosa in testa era difficile persuaderla a concentrarsi su altro. In effetti somigliava molto a Yo-Yo sotto questo aspetto.

«Ottimo.» La nonna si alzò in piedi, lo Yorkshire ancora stretto al petto. «Voi due continuate pure a lavorare su quelle foto raccapriccianti, mentre io mi occupo del testimone.»

«Tecnicamente non sappiamo se ha visto qualcosa. È possibile che...» la corresse Charles, ma si interruppe quando gli appoggiai una mano sul polso e scossi il capo.

«Lasciale fare come dice lei. Noi facciamo la nostra parte» dissi. «Ora aiutami a identificare le testimonianze di tutte le donne coinvolte nel caso:

poliziotte, testimoni, amiche, vicine, colleghe, nessuna esclusa.»

Sfogliammo il contenuto della cartellina, avendo ormai quasi memorizzato l'ordine delle dichiarazioni e delle prove. Ci vollero meno di cinque minuti per trovare tutto ciò che ci serviva.

«Ora,» dissi valutando la situazione, «sono coinvolti uomini alti più o meno come me?»

Charles ci rifletté su per qualche istante prima di porgermi un altro paio di documenti: «Questo è un collega di Bill alla Bayside Printing Company, e questo è uno dei potenziali acquirenti presente all'open house.»

Li sparsi tutti davanti a noi cercando di raggruppare quelli che potevano avere qualcosa in comune: avevamo il gruppo dei colleghi, quello dei partecipanti all'open house, amici e parenti e, infine, un gruppetto di persone legate al caso, come poliziotti o addetti alla pulizia della scena del crimine. La maggior parte dei documenti non erano testimonianze ufficiali, bensì schede biografiche compilate da Charles prima che mi unissi all'indagine.

«Vediamole una per una» suggerì lui prendendo la pila dei colleghi. Trascorremmo le ore successive a discutere di ciascuna persona, annotando chi avrebbe potuto avere mezzi, moventi o opportunità. Contrassegnammo con un asterisco la documentazione di chi aveva più di una di queste tre cose e creammo una nuova pila.

Quando finimmo restammo a fissare le schede delle due sospettate più probabili: Michelle Hayes e Breanne Calhoun, ovvero la figlia e l'agente immobiliare.

Sospirai e mi lasciai andare contro lo schienale della sedia: «Speravo che andasse diversamente, ma sembra proprio che il colpevole sia una di queste due.»

Charles incrociò le braccia e scosse il capo, fissandomi dritta negli occhi e prendendo nuovamente le difese della mia principale sospettata: «Non è possibile! So che Breanne può essere un po' brusca, ma non è stata lei.»

«Può darsi» dissi, anche se non ero minimamente propensa a scagionare quella maleducata dell'agente immobiliare. Mi piaceva pensare di aver imparato la lezione dall'indagine sulla morte di Ethel Fulton: ero così sicura dell'identità dell'assassino da non aver preso in considerazione nessun altro e avevo finito con il mettere in pericolo la mia stessa vita per questo.

E in ogni caso, da ciò che avevo visto e sentito finora, poteva benissimo essere stata Breanne. Forse, se gli avessi concesso un po' di tempo per accettare la cosa, Charles avrebbe finalmente messo da parte i propri dubbi e iniziato a vedere la situazione dalla mia prospettiva.

«Ok, allora parliamo della figlia. Come spieghi il fatto che Michelle è praticamente sparita nel nulla?»

«Non è sparita» mi contraddisse lui anche questa volta. Se avessimo continuato a essere in disaccordo su tutto, tanto valeva firmare subito la condanna di Brock.

«Non risponde alle nostre chiamate, ecco tutto» disse picchiettando la penna sul tavolo in modo snervante.

«E allora dov'è?» chiesi afferrando la penna e spostandola fuori dalla sua portata.

Charles sospirò e ripiegò le mani davanti a sé: «Al campus del college che frequenta.»

«Bene, visto che non abbiamo altre piste da seguire, è lì che andremo ora.»

«Sarà una perdita di tempo» insistette lui con un altro profondo sospiro.

«Charles» gli dissi dolcemente. «Per favore. Non abbiamo nient'altro a questo punto. Dobbiamo almeno fare un tentativo. Per Brock.»

«Ok. Per Brock» rispose abbattuto.

«Bene» dissi, anche se la sua totale mancanza di

entusiasmo aveva tolto il sapore dolce a quella piccola vittoria. «Vado a vedere cosa combinano la nonna e Yo-Yo. Vieni, Gattavius.» Svegliai il tigrato da un pisolino e gli feci cenno di seguirmi.

«Ne abbiamo finalmente cavato qualcosa?» chiese dopo un sonoro sbadiglio.

«Lo faremo presto, o almeno spero» fu la mia diplomatica risposta.

Mentre uscivamo dalla stanza, Charles emise un gemito e appoggiò la fronte sul tavolo.

«Oh, eccovi cari!» strillò la nonna vedendo me e Gattavius entrare in salotto. «Io e Yo-Yo ci stiamo divertendo un sacco a fare amicizia, vero piccolino?»

Lo Yorkshire abbaiò e la nonna si profuse in elogi.

«E con questo ha perso almeno dieci punti ai miei occhi» dichiarò Gattavius. «È sempre uno spettacolo triste vedere un umano come si deve passare dalla parte dei cani. Devo dire che non mi sarei mai aspettato un simile tradimento da parte di tua nonna. Da te forse, ma di certo non da lei.»

«Non ti ha affatto tradito» dissi mentre lui saltava sulla testiera del divano e si metteva comodo. «Sta solo cercando di rendersi utile.»

«Se lo dici tu» si lamentò scuotendo il capo disgustato.

«Va tutto bene?» chiese la nonna lanciando un'occhiata al micio chiaramente turbato.

«Starà bene. Ehi, Gattavius!»

«Cosa c'è?» piagnucolò tirando su una zampa per leccarla.

«Potrai occuparti della toeletta più tardi» lo rimproverai. «Ti ricordo che siamo venuti qui per scoprire se Yo-Yo ha qualcosa di nuovo da dirci. Potresti chiedergli se si è ricordato qualcosa?»

«No, non così» intervenne la nonna continuando ad accarezzare il cagnolino con entusiasmo. «Digli che la sua nuova amica, la nonnina, vuole sapere se qualcuno ha fatto del male alla sua famiglia e se può raccontarcelo.»

«Nauseante» commentò Gattavius prima di iniziare a sbraitare: «Ehi, id*yo-yo*ta!»

Il cagnolino girò immediatamente la testa verso di lui. Il fatto che rispondesse a quel nomignolo ben poco lusinghiero non contribuiva a convincere il tigrato a smettere di chiamarlo a quel modo.

Gattavius gli pose la domanda ripetendo esattamente le parole della nonna; solo a sentirle Yo-Yo iniziò a piagnucolare nascondendole il muso in grembo. Il fatto che non uggiolasse in preda al terrore era già qualcosa.

Gattavius annuiva mentre lo ascoltava con aria

annoiata; mentre parlava, lo Yorkshire aveva sollevato la testa e ora lo fissava dritto negli occhi, emettendo tristi pigolii.

Quando infine smise di parlare, Gattavius commentò: «Wow. Sono davvero sorpreso che abbia funzionato.»

Mi raddrizzai sulla sedia, emozionata: «Che cosa ha detto?»

«Ha detto che era tutto buio quella notte e non riusciva a vedere bene, ma che la persona che ha fatto male ai suoi genitori umani aveva i capelli rossi. Inoltre, vuole sapere quando potrà tornare dalla sua famiglia.»

Il poveretto non sapeva ancora che non li avrebbe più rivisti, ma finalmente ci aveva detto abbastanza da riuscire a mettere insieme i pezzi. I capelli rossi potevano significare solo una cosa...

«Quindi è stata Breanne!» gridai trionfante. «Lo sapevo!»

«Qui bel micetto» chiamai Gattavius mentre marciavo in soggiorno per tornare da Charles.

«Non chiamarmi micetto!» ringhiò Gattavius. Ma la nota gioiosa nella sua voce mi fece capire che mi aveva corretta solo per coerenza con i suoi precedenti tentativi di dissuadermi da comportamenti che non apprezzava.

«Hai sentito?» chiesi appoggiando i palmi delle mani sui lati del tavolo e chinandomi verso Charles, che aveva ancora quell'aria completamente abbattuta.

«Pensi che sia stata Breanne» disse. Quando sollevò il capo, uno dei documenti gli era rimasto appiccicato alla guancia. «Perché?»

«Yo-Yo non ricorda che i suoi padroni sono morti, ma ha ricordato che qualcuno ha fatto loro del male. Dice che era notte, il che corrisponde a quanto affermato dal medico legale.»

Finalmente Charles si riprese: ora sembrava esaltato quanto me. «E?»

«Ha detto che era buio, quindi non è riuscito a vedere bene, ma la persona che ha fatto loro del male aveva i capelli rossi. Quindi non può essere altri che Breanne!»

«Ne sei proprio sicura?» disse Charles prendendo il telefono e aprendo la posta elettronica. Quando me lo porse, vidi una giovane donna dai riccioli rossi e dall'aspetto vagamente familiare, anche se non ero certa di averla mai incontrata.

«E questa chi è?» chiesi.

«Michelle Hayes.»

Uh oh.

Restammo a fissarci per qualche istante prima che

mi venisse in mente qualcosa da dire: «Ma Yo-Yo non l'avrebbe riconosciuta subito?»

Charles si accigliò: «Non necessariamente. Soprattutto se era troppo buio per vedere bene.»

«E quindi cosa facciamo adesso?» chiesi rosicchiandomi una delle poche unghie ancora intatte in preda all'agitazione.

«Una bella gita!» gridò la nonna dall'altra stanza.

Charles annuì: «È la nostra ultima possibilità per risolvere il caso in tempo ed evitare che lo speciale di tua madre vada in onda.»

Aveva ragione, quella era la nostra ultima chance. E anche se fino a pochi minuti prima ero stata io a insistere per andare da Michelle, ora che sapevo che poteva essere lei l'assassina mi sentivo decisamente più in ansia all'idea.

15

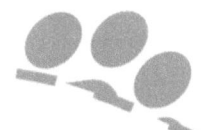

La mattina dopo mi svegliai prima di Gattavius, un fatto quasi unico da quando viveva con me. La sveglia impostata sul cellulare squillò alle cinque e mezza e dovetti scuoterlo delicatamente per svegliarlo, in modo che potessimo prepararci per la lunga giornata che ci attendeva.

Con il senno di poi avrei voluto essere andata a dormire molto più presto la sera prima, ma quando mamma ci aveva raggiunte dalla nonna tutti avevamo voluto sentire la sua opinione sui progressi fatti finora.

«Devo ammetterlo» disse lei scuotendo il capo. «Sembra davvero che abbiate ragione a dire che non è stato Brock.»

Mamma si era offerta di rimandare ancora lo speciale, ma io avevo insistito affinché non lo facesse: avremmo risolto la questione prima del notiziario delle sei e le avremmo dato l'esclusiva sulla vera storia.

Charles non condivideva il mio ottimismo, ma accettò di svegliarsi prima dell'alba in modo da aver tempo di affrontare il lungo viaggio fino al college frequentato da Michelle, dove avremmo potuto inter-rogarla di persona e trovare finalmente risposta a tutti i dubbi irrisolti.

Come era prevedibile, Yo-Yo era molto eccitato all'idea del viaggio, anche se non gli avevamo detto che avrebbe rivisto la sua sorellina umana.

Chiesi a Gattavius se preferisse rimanere a casa, ma rifiutò di essere lasciato fuori da un incontro tanto importante. Ciò mi preoccupava perché non aveva fatto nessun progresso con la fobia dei viaggi in auto e quello si prospettava molto lungo. Sapendo che sarebbe stato impossibile fargli cambiare idea, decisi di dargli una mano: con la sua autorizzazione, mescolai una pillola ridotta in piccoli pezzi al suo pasto mattutino. Era solo un lieve calmante che il veterinario gli aveva prescritto in caso di emergenza, ma lo fece dormire per la maggior parte del tragitto, un fatto di cui fummo tutti grati.

Sembrava proprio un angioletto quando non era intento a insultarmi, graffiarmi o mettere in discussione tutto ciò che facevo. E sospettavo che indagare iniziasse a piacergli, nonostante la sgradita presenza di un cane.

Anche la nonna aveva deciso di venire con noi. Ora che era al corrente dell'intera storia, aveva insistito per accompagnarci: «Nel caso in cui Yo-Yo abbia bisogno di una persona amica» dichiarò, spingendomi a chiedermi perché la sorte avesse concesso a me la capacità di parlare con gli animali quando era evidente che lei li capiva molto meglio di me.

Nonostante gli sforzi per restare sveglia, dormii per la maggior parte del viaggio insieme a Gattavius. Dopotutto, non c'era Bethany a farmi il caffè e io avevo buttato via già da un pezzo la macchinetta che avevo a casa per paura di rischiare un'altra volta la pelle, o peggio, ottenere nuovi, strani superpoteri. Per fortuna la nonna era ben felice di fare compagnia a Charles mentre io e il tigrato ci facevamo una bella dormita.

«Svegliati, il sole è sorto!» gridò la nonna dal sedile posteriore, costringendomi ad aprire gli occhi. E in effetti ora il sole splendeva alto nel cielo.

«Siamo arrivati» annunciò Charles mentre faceva

manovra nel parcheggio per gli ospiti del college della nostra sospettata.

«Allora, qual è il piano?» chiese la nonna impaziente sporgendosi in avanti con le mani appoggiate sui bordi dei nostri sedili.

«Non avete pensato a un piano durante il viaggio?» chiesi irritata. Se avessi saputo che non avrebbero fatto altro che chiacchierare di cose futili mi sarei sforzata di stare sveglia, visto che c'era ancora del lavoro da fare.

«La Route One è magnifica in questo periodo dell'anno» rispose allegramente la nonna. «Eravamo troppo impegnati ad ammirare il panorama per preoccuparci di cosa avremmo fatto una volta arrivati. D'altra parte, sei tu quella apprensiva del gruppo, quindi perché non ci pensi tu ora?»

Mi colpii la fronte con il palmo della mano: «Suppongo che sia ciò che merito per aver dormito sul lavoro.»

Gattavius si svegliò e mi sbadigliò in faccia; il tanfo di tonno mi arrivò dritto alle narici. Lasciatemelo dire: funzionò meglio di un doppio espresso per svegliarmi del tutto.

«È un piccolo college, basterà chiedere in giro» dissi sospirando. Detestavo che quello fosse il nostro unico piano. Poi, però, mi resi conto che avevamo un notevole vantaggio a cui non avevamo pensato: «Forse è il momento di dire a Yo-Yo chi siamo venuti a trovare. Potrebbe fiutare le sue tracce e aiutarci a trovarla.»

Ancor prima che Charles avesse la possibilità di dichiararsi d'accordo o meno, Gattavius riferì il messaggio allo Yorkshire, che reagì immediatamente con grande entusiasmo.

«È pronto» disse Gattavius stiracchiandosi le zampe e la schiena per svegliarsi del tutto. Incredibilmente mi aveva soffiato solo una volta mentre gli mettevo la pettorina.

La nonna, invece, stava faticando parecchio a sistemare Yo-Yo, che continuava a slanciarsi verso la portiera dell'auto, desideroso di rivedere Michelle.

Quando entrambi gli animali furono al guinzaglio, scendemmo e ci avviammo. Mentre facevamo il giro del campus mi colpì il pensiero che dovevamo essere una delle combriccole più strane che si fossero mai viste da quelle parti. Erano solo le nove del mattino e il campus era pressoché vuoto, ma tutti coloro che incontravamo ci fissavano perplessi.

Sorridevo a tutti, ma alla quarta persona che ci oltrepassò sogghignando senza degnarsi di salutare come si deve ne ebbi abbastanza: «Qualche problema se porto il mio gatto al guinzaglio?» chiesi sollevando il mento. Tanto non avrebbero potuto giudicarmi peggio di quanto facessi io stessa. «Gli piace uscire a prendere una boccata di aria fresca. Solo i cani hanno diritto a divertirsi un po'?»

«Sì!» esultò Gattavius saltellandomi accanto. «Hai capito. Finalmente hai capito!»

Yo-Yo si fermò bruscamente e si irrigidì nella stessa postura che aveva assunto quando avevamo visto per la prima volta il cartello della Calhoun Realty. Questa volta il suo sguardo era fisso su un edificio di pietra a tre piani che si ergeva accanto a un prato ben curato.

Abbaiò due volte poi si fermò.

«Dice che sua sorella è lì dentro» tradusse Gattavius.

«È un dormitorio?» chiesi.

Charles corse a leggere il cartello. «Sì» disse quando tornò, senza nemmeno un briciolo di fiatone.

«Vuole vedere sua sorella» disse Gattavius quando il cane iniziò a uggiolare e battere impaziente le zampette a terra.

«Ci vado io» disse la nonna avviandosi senza esitare.

«Aspetti. Perché proprio lei?» chiese Charles.

«Nessuno di noi è un parente ma scommetto che,

qualsiasi siano i controlli di sicurezza di questo posto, sarà molto meno probabile che facciano il terzo grado a una dolce vecchina.» La nonna fece una pausa. Vedendo che nessuno osava contraddirla, raddrizzò la schiena e chiese: «L'obiettivo si chiama Michelle Hayes, giusto?»

Cosa? *L'obiettivo!?* La nonna aveva ricominciato a guardare i film d'avventura con i truffatori? Si stava davvero calando bene nella parte.

Ora che ero abbastanza sveglia da notare meglio i dettagli, mi resi conto che aveva indossato un vero e proprio costume da nonna vecchio stampo, con tanto di scialle fatto a maglia e gonna a vita alta. Il tutto era così fuori dal suo stile da poter solo essere intenzionale. Aveva pianificato tutto, ma non me lo aveva detto perché sapeva che mi sarei opposta all'idea di lasciarla andare da sola.

E aveva ragione!

«Vengo con te» dissi porgendo il guinzaglio di Gattavius a Charles e correndole dietro.

Ma Charles mi posò una mano sulla spalla costringendomi a fermarmi: «Tua nonna ha ragione. La aspetteremo qui finché non tornerà o ci manderà un messaggio.»

La nonna annuì.

Charles annuì.

Le feci cenno di andare mugugnando. «Faranno entrare Yo-Yo nel dormitorio?» le gridai dietro.

«C'è solo un modo per scoprirlo» rispose Charles mentre guardavamo la nonna svoltare l'angolo dell'edificio.

«Questa storia non mi piace» dissi imbronciata. «E non credo che Michelle sia colpevole.»

«Sì, abbiamo già chiarito come la pensi» rispose lui con un gemito.

«Non è solo perché penso che Breanne ci nasconda qualcosa» spiegai. «Perché mai Michelle avrebbe dovuto uccidere i suoi genitori? E Yo-Yo non l'avrebbe sicuramente riconosciuta?»

«Non lo so» rispose freddo Charles. «Ma sei stata tu a insistere per venire fin qui, ricordi?»

«Solo per poter scagionare Michelle una volta per tutte e vedere se ha delle prove che puntano a Breanne» gli ricordai. È vero, avevo giurato di non saltare alle conclusioni dopo che le mie congetture mi avevano quasi fatta uccidere nell'indagine precedente, ma qui la situazione era diversa. Yo-Yo aveva già fatto intendere di aver riconosciuto Breanne, che era l'unica persona al mondo che sembrava non andargli a genio. Era più che una semplice coincidenza.

Charles non sembrava affatto convinto: «Immagino che lo scopriremo» disse stringendosi nelle spalle.

«Già.»

Nessuno dei due disse altro mentre aspettavamo la nonna, ma io rivolsi una preghiera affinché tornasse con qualcosa che ci aiutasse a portare a termine le indagini una volta per tutte.

Il tempo scorreva implacabile.

16

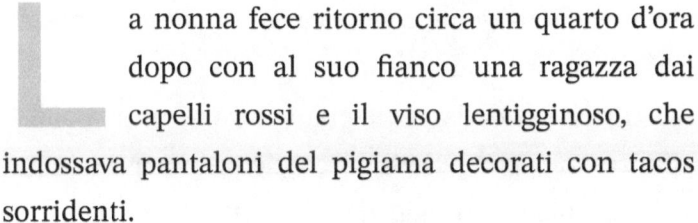

L a nonna fece ritorno circa un quarto d'ora dopo con al suo fianco una ragazza dai capelli rossi e il viso lentigginoso, che indossava pantaloni del pigiama decorati con tacos sorridenti.

«Eccoci qui» trillò orgogliosa. «Vi presento Mitch Hayes.»

«Sì. Nessuno mi chiama più Michelle dai tempi delle elementari» spiegò la ragazza depositando un bacio sulla testolina pelosa di Yo-Yo. Il cagnolino sembrava al settimo cielo mentre Mitch lo abbracciava con sguardo adorante.

«Grazie per aver accettato di parlare con noi» disse Charles. Si alzò e le porse la mano; lei si sforzò di sistemarsi il cane in braccio per poter ricambiare la stretta. Ne venne fuori un saluto piuttosto goffo.

«Perché non rispondi alle telefonate?» chiesi. Forse ero stata un po' rude, ma non avevamo tempo da perdere se volevamo scagionare Brock prima dello speciale.

La ragazza si strinse nelle spalle: «Mi è caduto il telefono nel gabinetto un paio di settimane fa e non avevo tutta questa esigenza di comprarne un altro, dato che sono sempre al computer o al tablet.»

«Ma per quale motivo non rispondi alle mille chiamate della gente che cerca di contattarti?» chiese Charles aggrottando le sopracciglia.

«Ero stufa della gente che voleva farmi le condoglianze solo per pulirsi la coscienza, mentre io mi sentivo ancora peggio perché mi ricordavano di continuo che i miei genitori sono morti.» Affondò il viso nel pelo dello Yorkshire e borbottò: «Forse non ho tutta sta voglia di parlare del fatto che i miei sono stati ammazzati a quel modo.»

La nonna le circondò le spalle con un braccio e la attirò a sé: «Piantatela di farle il terzo grado! Mitch non era tenuta ad aiutarci, ma ha accettato comunque di farlo.»

«Grazie, Mitch» dissi con un sorriso nella

speranza di stabilire un contatto con lei. «Lo apprezziamo molto.»

La ragazza diede un calcio a terra senza alzare lo sguardo: «Quindi pensate davvero che quel Brock sia innocente?»

Le appoggiai con dolcezza una mano sulla spalla in attesa che sollevasse lo sguardo: «Ne siamo certi.»

La sentii rabbrividire e il suo volto si fece ancora più pallido: «Questo significa che chi ha ucciso i miei genitori è ancora in libertà.»

La lasciai andare e mi afferrai la spalla: «È così.»

«Ditemi cosa posso fare per aiutarvi.» Serrò le labbra in una linea decisa, le sopracciglia aggrottate per la rabbia.

«Sediamoci un attimo.» Charles si schiarì la gola e ci fece cenno di sederci su un muretto lì vicino. «Abbiamo bisogno che tu ci dica tutto ciò che potrebbe aiutarci a identificare il vero assassino.»

La poveretta sembrava confusa: «Ma avete le mie dichiarazioni, no? Ho già detto alla polizia tutto quello che mi è venuto in mente.»

«Sì, le abbiamo lette ma ti dispiacerebbe rispondere a qualche altra domanda, alla luce delle nostre ultime scoperte?» chiese Charles prendendo la borsa. Speravo davvero che non avesse intenzione di tirare fuori le foto della scena del crimine: Mitch non doveva assolutamente vederle!

Ancora prima che lui trovasse ciò che cercava, grosse lacrime iniziarono a sgorgare dagli occhi azzurri della ragazza.

«Oh per l'amor del cielo! Datevi una calmata voi due. Non capite quanto sia difficile per lei?» ci rimproverò la nonna, appoggiandosi la testa di Mitch su una spalla. «Prenditi il tempo che ti serve cara e piangi finché vuoi. Va bene così. Ci sono io qui con te.»

Yo-Yo piagnucolava e leccava il viso della sua padroncina, scodinzolando esitante.

Mentre restavo a guardarli cercando un modo per iniziare a interrogare Mitch, Gattavius mi diede un colpetto di zampa sulla spalla: «Chiedo scusa» disse, lasciandomi sconvolta per quell'improvvisa gentilezza. «L'id*yo-yo*... voglio dire, *il cane* dice che ora ricorda chi ha fatto del male ai suoi padroni. Dice anche che teme che siano morti.»

«Se n'è ricordato?» chiesi, incurante del fatto che Mitch aveva sollevato la testa e ci osservava incuriosita. «Credevo che avesse detto che era troppo buio per riuscire a vedere.»

«Sì, ma il suo fiuto funzionava perfettamente e

ora pensa di ricordare chi è stato» spiegò lentamente Gattavius.

Yo-Yo mi fissò negli occhi abbaiando con insistenza.

«Quindi...» Gattavius abbassò la voce e si avvicinò per sussurrarmi: «Ora posso dirglielo?»

«Dirgli cosa? Oh...» Che i suoi proprietari erano morti. Yo-Yo non ne aveva ancora la certezza. Annuii: «Sì, credo che sia arrivato il momento.»

Gattavius si rivolse a Yo-Yo parlandogli con lentezza e molto più gentilmente di quanto avesse mai fatto. Mi aspettavo che Yo-Yo iniziasse a uggiolare come un pazzo e tentare la fuga, ma lui si limitò a un guaito di dolore e si rannicchiò ancora più stretto a Mitch.

«Perché non sta dando di matto?» chiesi al mio gatto.

Sul muso di Gattavius lessi qualcosa di simile al rispetto. Non potevo esserne sicura al cento per cento perché non gli avevo mai visto un'espressione simile e probabilmente non sarebbe capitato di nuovo.

«Vuole essere forte per la sua umana» mi disse.

Mi portai una mano al petto esclamando: «Oh, che dolce!»

Gattavius si strinse nelle spalle: «Già, i cani non

saranno i più intelligenti tra gli animali, ma sono leali. È questo che li riscatta, suppongo.»

Yo-Yo diede qualche altra leccata a Mitch, poi si districò dal suo abbraccio e venne a sedersi proprio di fronte a me. Abbaiò quattro o cinque volte, continuando a fissarmi mentre parlava.

«Non ha visto molto, ma ora ricorda l'odore di quella donna» disse Gattavius. Sollevò una zampa portandosela alla bocca, ma poi pensò bene di non iniziare una sessione di toelettatura in un momento così cruciale e riappoggiò la zampa a terra.

«Una donna, dice.» Finora tutto combaciava con ciò che già sapevamo, o almeno che avevamo ipotizzato, e le cose non si mettevano bene per la nostra carissima agente immobiliare. «Di chi si trattava?»

Gattavius confermò i miei sospetti con la frase successiva: «Dice che si tratta della donna incaricata di vendere la casa.»

«Breanne, lo sapevo!» gridai voltandomi verso Charles. «Cercami la foto del volantino di Breanne, per favore.»

Lui mi fissò in silenzio per qualche istante, poi prese la borsa e ne estrasse la fotografia.

«È lei?» chiesi mostrandola a Yo-Yo.

Lui abbaiò e iniziò a ringhiare.

«Ha visto?!» dissi restituendo il foglio a Charles.

«Hai lasciato che la tua infatuazione per lei ti impedisse di vedere la verità, ma è stata lei!»

Gattavius richiamò di nuovo la mia attenzione con un colpetto della zampa, questa volta con gli artigli sfoderati.

«Ahia!» strillai. «E ora che c'è?»

«Non è questo che ha detto» mi disse con un sorrisetto compiaciuto.

Non si trattava di Breanne? E allora chi mai poteva essere? A quel punto sapevamo che non poteva essere stata Mitch. Glendale non era molto grande: quante assassine alte un metro e settanta con i capelli rossi potevano mai esserci in giro?

Lo fissai a occhi spalancati, in attesa.

«Dice che non è stata la donna della foto» spiegò Gattavius perdendo visibilmente la pazienza a ogni parola. «Ma l'altra!»

«Cosa?» chiesi con un nodo allo stomaco. «Abbiamo fatto tutta questa fatica solo per sentirci dire che alla fine è stato davvero Brock?»

Gattavius si rivolse nuovamente allo Yorkshire e continuarono a parlare per un paio di minuti prima che tornasse a rivolgersi a me.

«Non l'uomo» disse infine. «L'altra donna.»

«Charles» dissi allungando la mano. «Dammi una foto di Brock da mostrare a Yo-Yo.»

Mitch, che finora era rimasta in silenzio, si rianimò e domandò a occhi sgranati: «Stai davvero parlando con il gatto?»

«Dopo un po' inizia a sembrare meno strano» le disse la nonna con una risatina.

«Qualcuno ha vuotato il sacco... e ne è uscito il gatto» esclamò Charles. Rise solo lui a quella pessima battuta.

Non era il momento di preoccuparsi del fatto che una studentessa del college avesse scoperto il mio segreto. Ero vicina alla soluzione del caso, e appena in tempo: mancavano solo dieci ore allo speciale di mia madre. Forse sarebbero state sufficienti.

Charles estrasse dalla borsa una foto di Brock e Yo-Yo emise un verso stridulo.

«Non è lui» tradusse Gattavius.

«Allora che significa quando dice che è l'altro?» mi lamentai. Qualcosa non quadrava. Forse Yo-Yo non era la chiave per risolvere il caso in fin dei conti.

«Brock è *l'altro*» insistetti rivolgendomi a Gattavius ma continuando a fissare Yo-Yo. «Chi altri potrebbe mai essere?»

«Telefono a Breanne» annunciò Charles che aveva già composto il numero.

«Fai parlare me» dissi strappandogli di mano il telefono.

«Pronto?» rispose Breanne con un tono amichevole e allegro che non le avevo mai sentito prima.

Lanciai una rapida occhiata a tutti i presenti e mi portai un dito alle labbra per intimare loro di restare in silenzio. «Salve Breanne, sono Angie Russo, l'assistente legale che lavora al caso di suo fratello.»

«Mi pareva di averle già detto che non voglio che lavori più al suo caso» ringhiò lei, ogni milligrammo di gentilezza evaporato in meno di un secondo.

«Verrò rimossa dal caso oggi stesso» spiegai rapidamente. «Ma Charles mi ha chiesto di recarmi al college frequentato da Michelle Hayes per vedere se riuscivo a trovarla. Ha solo pochi minuti liberi prima di dover andare a lezione, ma mi ha detto che è stata l'agente immobiliare.»

Di certo non avrei rivelato il mio segreto a qualcuno che mi detestava!

«Impossibile» rispose acida Breanne. «Non sono stata io e non è stato nemmeno mio fratello. Ed è ridicolo che ora la ragazza mi accusi, quando nelle dichiarazioni rilasciate alla polizia aveva giurato di non avere idea di chi potesse essere il colpevole.»

Strinsi il pugno e ridistesi la mano, facendomi forza per ciò che sarebbe seguito: «Se non è stata lei, allora chi? A chi altro mai potrebbe riferirsi?»

Breanne sbuffò infuriata e finì per mettersi a

urlare: «Questo è troppo! Ora chiamo il signor Thompson per sporgere reclamo!»

«La prego, prima risponda alla domanda» insistetti sperando che non mi sbattesse il telefono in faccia prima di farlo.

«L'agente immobiliare» sbraitò Breanne. «Potrebbe essere chiunque. Sa che ce ne sono più di tremila iscritti all'albo solo nello stato del Maine? Può essere chiunque sia passato all'open house, qualcuno che ha visto la casa in precedenza o quello che si occupava dell'acquisto della nuova casa. Chiunque fra queste persone avrebbe potuto impossessarsi delle chiavi. Chiunque di loro potrebbe averli uccisi.»

«Aspetti un attimo» dissi. Mi mancava il fiato e tremavo per l'improvvisa eccitazione per ciò che avevo appena realizzato. «Me lo ripeta.»

«Chiunque avrebbe potuto prendere le chiavi. Il fatto che lei insista ad accusarmi quando sono io che pago...»

Anche se le piaceva gridarmi contro, dovevo interromperla per non farle perdere il filo. «Non quello. Ciò che ha detto prima» la scongiurai.

«Anche se lei non vuole fare altro che accusare me, Michelle potrebbe riferirsi a chiunque. E se sa qualcosa, perché non l'ha detto prima?»

«Lasciamo un attimo da parte la questione» dissi.

«Ha parlato di un altro agente immobiliare. Non è lei a essersi occupata dell'acquisto della nuova casa?»

Breanne trasse un profondo respiro. Forse stava finalmente iniziando a capire. «No. Avrei voluto farlo, ma avevano già assunto qualcun altro prima di rivolgersi a me per la vendita.»

«Sa chi è quest'altro agente immobiliare?» chiesi trattenendo il respiro.

La sua risposta sarebbe stata determinante.

17

Tutti mi fissavano mentre aspettavo la risposta di Breanne all'altro capo della linea. Perfino il mio cuore sembrò rallentare per paura di perdersi anche solo una parola.

«Non capisco che importanza possa avere» mugugnò lei con grande delusione di tutti noi.

Charles mi strappò di mano il telefono e praticamente ci gridò dentro: «Breanne, sono Charles. Pensiamo che l'altro agente immobiliare sia la chiave per scagionare suo fratello. Può dirci di chi si tratta?»

Seguii Charles che camminava nervosamente, cercando di restare abbastanza vicina da poter udire la conversazione.

Sorprendentemente Breanne sembrava furiosa con lui quanto lo era con me: «Ah, davvero?» chiese sarcastica. «Perché solo due secondi fa la sua assistente mi ha accusato di aver assassinato gli Hayes.»

Charles mi lanciò un'occhiata di fuoco, ma mantenne un tono calmo a beneficio di Breanne: «Le assicuro che non è ciò che intendeva dire. È solo che lei... fa un po' fatica a esprimersi a volte.»

«Voglio che sia rimossa dal caso» ribadì Breanne con un profondo sospiro. «E comunque lei farebbe bene cercarsi un nuovo assistente.»

Charles riuscì solo a mormorare: «Potrebbe solo...»

«Oh, per l'amor del cielo!» strillò la nonna strappando il telefono a Charles e consegnandolo a Mitch, che rimase a fissarlo confusa.

«Avanti, tesoro» la incoraggiò la nonna. «Dille chi sei e chiediglielo.»

«Pronto, sono Michelle Hayes» balbettò la ragazza al telefono.

Calò il silenzio: eravamo tutti in attesa di vedere cosa sarebbe accaduto.

«Potrebbe gentilmente dirmi il nome dell'agente immobiliare che si occupava dell'acquisto della nuova casa dei miei genitori?» chiese Mitch con voce tremante. Non sapevo se il tremito nella sua voce fosse genuino o servisse ad aggiungere un effetto drammatico, ma speravo che funzionasse sulla strega all'altro capo della linea.

Il telefono era finito troppo lontano perché riuscissi a udire la risposta di Breanne, ma Mitch annuì mentre l'altra parlava.

«La prego» aggiunse poi la ragazza, la voce rotta. «Voglio solo scoprire chi ha ucciso i miei genitori e accertarmi che venga punito come merita. Può aiutarmi a farlo?»

Ascoltò in silenzio, annuì di nuovo, poi si voltò verso di noi e alzò il pollice. Infine disse: «Va bene. La ringrazio moltissimo per l'aiuto... Sì, certamente... Arrivederci.»

«Allora?» gridò la nonna, sul punto di esplodere per l'eccitazione.

Mitch porse il cellulare a Charles. Sembrava piuttosto soddisfatta di sé. «Ha detto che così su due piedi non se lo ricorda, ma che può trovare il nome nel database degli agenti immobiliari. Guarda subito e invia un messaggio a Charles con le informazioni. Ha detto anche... ehm... che preferisce non avere più niente a che fare con l'assistente.»

Ovviamente. Iniziavo a pensare che Breanne ce l'avesse con me per qualcosa di più di qualche disegnino sulla parete, ma onestamente non mi importava. Non finché avevamo un doppio omicidio da risolvere.

Charles mi rivolse uno sguardo comprensivo. Proprio in quel momento gli arrivò un nuovo messaggio. «Sandra Lynn della Lighthouse Realty & Brokerage. Questo nome vi dice qualcosa?» chiese guardandoci uno alla volta.

Scuotemmo tutti il capo e lui tornò a concentrarsi sul cellulare.

«Aspettate» disse strizzando gli occhi mentre fissava lo schermo. Le nuvole si erano diradate e il sole brillava sul campus. Era come se Dio stesso volesse sottolineare l'importanza di quel momento.

«Breanne mi ha inviato un link» spiegò Charles, le dita in rapido movimento sul telefono.

Mi avvicinai e rimasi a fissare il browser che si apriva lentamente. Quando infine il sito si caricò, riconobbi quasi subito la donna ritratta nell'homepage. Era in piedi davanti a un faro con motivi a spirale bianchi e neri, i riccioli rossi che ondeggiavano lievi nella brezza; sorrideva mettendo in mostra un enorme cartello con su scritto *VENDUTO*.

«Non è la donna in cui ci siamo imbattuti al Little Dog Diner?» chiese Charles. «Quella che voleva il nostro tavolo?»

Strizzai gli occhi e la osservai con maggior

attenzione: sì, era proprio lei. Ma non era lì che ricordavo di averla vista per la prima volta. «Era alla Bayside Printing Company quando io e la nonna siamo andate a indagare. Ha detto che sperava di ritirare un ordine prima della chiusura. È per colpa sua che non ho potuto dare un'occhiata in giro.»

Negli occhi di Charles balenò un lampo. «Questo significa che sicuramente conosceva Bill, se non Ruth» dedusse.

Io non avevo mai comprato casa, ma qualcosa non quadrava: «Ma se si erano già affidati a lei per l'acquisto della nuova casa, perché non commissionarle anche la vendita di quella vecchia?»

Charles si strinse nelle spalle: «Non sempre la gente ricorre allo stesso agente immobiliare per entrambe le cose; però è strano che il suo nome non sia saltato fuori prima nel corso dell'indagine.»

«Qui dice che l'agenzia si trova a Misty Harbor, il che spiegherebbe perché l'abbiamo incontrata in quel locale» sottolineai. «Anche quello si trova lì.»

Charles si mordicchiò il labbro e chiese: «Dovremmo telefonarle?»

«E farle sapere che stiamo arrivando? Certo che no!» sbottò la nonna, strappandogli nuovamente il telefono di mano. «Dammi quell'affare» disse sbuffando. Poi marciò dritta verso Yo-Yo e gli mise il dispositivo davanti al muso.

Il cane iniziò subito a ringhiare e digrignare i denti e la nonna fece un balzo indietro per evitare di essere morsa.

Gattavius trotterellò al mio fianco: «Dice che...»

«Credo sia superfluo dirlo» lo interruppi. Sorrisi raggiante. Ce l'avevamo fatta! Ci eravamo riusciti davvero! E appena in tempo.

«Andiamo a prendere il colpevole» disse la nonna marciando verso il parcheggio. Si fermò un istante, si voltò e chiese: «Vieni con noi, Mitch?»

La ragazza saltò giù dal muretto: «Andiamo!»

Tornammo tutti di corsa all'auto raggiungendola a tempo di record.

«Tutto combacia» dissi ansante mentre mi allacciavo la cintura di sicurezza. «Sandra somiglia sufficientemente a Breanne da confondere Yo-Yo. Ed entrambe sono agenti immobiliari e hanno lavorato per gli Hayes, cosa che ha creato ulteriore confusione.»

«E poi gli umani sono tutti uguali» sottolineò Gattavius.

«Sì, anche» dissi con una risata liberatoria. Accidenti, ce l'avevamo fatta. «Ora dobbiamo solo trovare prove che reggano in tribunale e Brock tornerà a essere un uomo libero.»

«Lasciate fare a me» disse la nonna scrocchiandosi le nocche come se si preparasse per una battaglia.

«Non se ne parla!» mi precedette Charles. «Ha già fatto più che abbastanza.»

«Aspettate un attimo» dissi con tono calmo facendo del mio meglio per essere ragionevole. «Ci aspetta un lungo viaggio. Potremmo riprendere in considerazione tutto ciò che già sappiamo alla luce di queste nuove informazioni e cercare di scoprire che motivi avrebbe potuto avere Sandra Lynn per...» mi interruppi ricordando che ora c'era Mitch con noi. «Beh, lo sapete.»

«Certo» disse Charles rivolgendomi un sorriso impertinente. «Se riusciamo a restare tutti svegli questa volta...»

«Molto divertente» risposi sarcastica. «Non è il momento di scherzare. È tempo di trovare risposte.»

«Ci penso io ad aggiornarti, Mitch» disse la nonna dal sedile posteriore. Poi appoggiò una mano sui nostri: «Dov'è la tua borsa, Charles?»

«Ce l'ho qui» dissi chinandomi a prenderla. «Dammi solo un attimo per... ehm... dare una sistemata, poi è tutta tua.» Presi le foto e i resoconti scritti della scena del crimine e li nascosi nel vano portaoggetti, poi passai la borsa alla nonna, che iniziò subito a spiegare ciò che sapevamo a Mitch, che la ascoltava rapita.

«Quindi abbiamo finito?» chiese Gattavius acciambellato sul cuscino sulle mie ginocchia. «Caso chiuso?»

«Ci siamo quasi» lo rassicurai con una carezza sulla testolina.

«E come facciamo a passare da «quasi» a caso chiuso?» chiese con un ringhio. Cercai di non prenderla sul personale perché sapevo quanto odiava i viaggi in auto e non avevo pensato di portare una seconda pastiglietta da somministrargli per il viaggio di ritorno.

«Ho bisogno di tornare a casa e dormire per sei o sette giorni» mi informò con un sospiro esausto.

«Yo-Yo ci ha fornito prove schiaccianti contro Sandra Lynn» gli spiegai. «L'unico problema è che non saranno sufficienti in tribunale.»

«Perché è un cane?» chiese Gattavius.

Alzai gli occhi al cielo: «Credo che tu sappia perché. Non fare lo spiritoso.»

«E quindi ora che si fa?» insistette.

«Ora dobbiamo trovare prove da poter presentare senza che gli altri pensino che siamo pazzi. Quindi la risposta è molto semplice: dobbiamo ripercorrere tutto per trovare indizi che supportino ciò che abbiamo scoperto. Capisci?»

«Sì, ma sembra un impegno notevole.» Charles svoltò bruscamente e Gattavius si irrigidì ancora di più. «C'è un'altra possibilità, lo sai?»

«Ah, davvero? E quale sarebbe?» lo sfidai appoggiandogli una mano sulla schiena per aiutarlo a non cadere.

Sbatté la coda con enfasi prima di rispondere: «Ottenere una confessione. *Ovvio.*»

Finalmente tutte quelle ore passate davanti alla TV sembravano essere servite a qualcosa. Ero ben contenta che fosse un fan di tutto ciò che spaziava da *Dora l'esploratrice* a *Law & Order,* che di certo avevano ispirato questa perla di saggezza.

Charles si voltò un attimo a fissarmi prima di riportare gli occhi sulla strada: «Che cosa dice?»

Questo era un bel dilemma. Non volevo mentirgli ma sapevo che l'idea della confessione forzata non gli sarebbe andata a genio.

Con il caso precedente mi ero messa nei guai per aver voluto fare tutto da sola e ci avevo quasi rimesso la pelle. Questa volta non avrei commesso lo stesso errore.

No di certo.

Questa volta avrei portato Gattavius con me quando avrei fatto irruzione nell'ufficio di Sandra Lynn per chiederle una spiegazione.

18

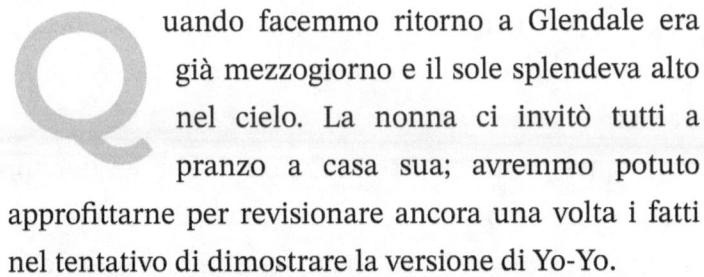

Quando facemmo ritorno a Glendale era già mezzogiorno e il sole splendeva alto nel cielo. La nonna ci invitò tutti a pranzo a casa sua; avremmo potuto approfittarne per revisionare ancora una volta i fatti nel tentativo di dimostrare la versione di Yo-Yo.

Glissai l'invito fornendo una motivazione più che valida: la necessità di portare Gattavius a casa affinché potesse utilizzare la lettiera. Non c'era bisogno che sapessero che dopo avevo intenzione di fare una piccola sosta.

«Ok, ora che si fa?» chiese Gattavius dopo una visitina alla cassetta, strofinando le zampe sul tappetino che gli avevo comprato appositamente.

«Che vuoi dire?» chiesi rovistando in frigo in cerca di qualcosa di adatto a uno spuntino veloce per placare la fame.

Mi rivolse un'occhiata di commiserazione: «Che vuol dire 'che vuoi dire'? *Voglio dire* che otterremo quella confessione, giusto? Pensavo che non ne avessimo parlato in auto perché non volevi dirlo a Chuck il Ciuco, non perché ti eri già arresa.»

Mentre proseguiva con l'arringa trovai un pacchetto di formaggini vecchi ma non ancora scaduti in fondo allo scomparto per le verdure e ne presi un paio con cui arginare il brontolio di stomaco. Scartai il primo, ne staccai un grosso pezzo e me lo ficcai in bocca.

A quel punto cercai di fugare i dubbi del tigrato: «Certo che otterremo la confessione! Potrei presentarmi lì fingendomi una cliente con te nascosto nella borsa di vimini.»

Gattavius arricciò il naso: «Detesto quella borsa.»

«Hai un'idea migliore?» lo provocai mettendomi in bocca un altro pezzettone di formaggio.

Lui camminava su e giù per il tavolo in preda alla frustrazione: «Ho parecchie idee, ma nessuna che non metta a rischio almeno una delle mie sette vite. Sarei anche pronto a scarificarne una per la riuscita dell'impresa, ma qualcosa mi dice che non saresti d'accordo.»

«Io ho una sola vita, ricordi?» Forse avrei dovuto offendermi per il fatto che continuava a dimenticare, o almeno non prendere minimamente in considerazione questo piccolissimo dettaglio, ma in quel momento ero troppo tesa per pensarci.

«Ah, già.» Gattavius si sedette appoggiando comodamente il posteriore sul tavolo e scuotendo il capo. «Voi umani siete così fragili.»

Inghiottii l'ultimo boccone del primo formaggino e aprii il secondo alzando gli occhi al cielo: «E va bene, sarò anche fragile, ma penso comunque che tenerti in una borsa per mezz'oretta sia meglio che rischiare la sola vita che ho, non credi?»

Anziché rispondere, sollevò una zampa posteriore sopra la testa e iniziò a leccarsi il sedere.

«Ehi, scusa? Dico a te!» All'improvviso avevo perso l'appetito.

«Che c'è? Ci sto pensando. Dammi un minuto» borbottò continuando a leccarsi. Era bello sapere che proteggere la mia vita aveva un'importanza paragonabile a evitare di entrare in una normalissima borsa di vimini che, tra l'altro, non puzzava affatto. Ma la questione dell'olfatto super sviluppato era una scusa, lo sapevo bene: quello snob del mio gatto diceva che puzzava solo perché non sopportava che l'avessi presa in un negozio dell'usato.

«E va bene» disse infine, tirando giù la zampa. «Starò nella borsa, ma mi devi un favore.»

«Te ne devo già uno per la pettorina» puntualizzai pentendomi all'istante di non saper tenere chiusa la mia boccaccia. Ci infilai un altro pezzo di formaggio sperando che così avrei evitato di dire altre cose di cui mi sarei pentita.

Un sorriso malvagio gli si dipinse sul muso: «Già» rispose con una risata maliziosa. «E questo favore non fa che diventare sempre più grande. Continua così, mia cara. A questo bel micione serve un nuovo... beh, di tutto!»

Accidenti. Non sapevo se ero più preoccupata per la minaccia o disgustata dalle sue cattive maniere. Decisi di ingoiare la preoccupazione insieme a un grosso boccone di formaggio non masticato, ma non fu una buona idea: mi restò incastrato in gola rischiando di strozzarmi.

Gattavius restò seduto a fissarmi mentre facevo ampi gesti verso la mia gola; non mosse nemmeno un baffo mentre tossivo e mi battevo sul petto, riuscendo finalmente a rimuovere il boccone incriminato.

«Cosa avresti fatto se fossi morta?» gli chiesi con voce rauca. «Ho rischiato di soffocare e a te non è neanche venuto in mente di aiutarmi!»

Sbadigliò: «Oh, era questa la ragione di tutta quella sceneggiata? Pensavo che stessi solo cercando di prendere tempo. Se non ci diamo una mossa Chuck il Ciuco e gli altri verranno a cercarci. È questo che vuoi?»

Uffa! Il fatto che avesse ragione era più detestabile della totale mancanza di empatia.

«Va bene, andiamo» dissi dopo aver riempito una bottiglietta con l'acqua del rubinetto.

Gattavius mi seguì esitante: «Niente pettorina questa volta?»

«No» risposi estraendo trionfante qualcosa dall'armadio dei cappotti e mostrandoglielo. Non vedevo l'ora di scorgere la sua delusione; era questa la natura del nostro rapporto. «Oggi la borsa!»

Alzò la zampa tenendola dritta accanto alla testa. Non gli avevo mai visto fare quel gesto: doveva averlo imparato dai programmi per bambini. «Ho una domanda.»

Sollevai le sopracciglia, facendogli cenno di proseguire.

«Qual è il mio ruolo in tutto questo?»

«Se qualcosa va storto, usa l'iPad per chiedere

aiuto. Se va stortissimo, attacca e graffia senza pietà. Pensi di farcela?»

Annuì: «Se ti ricordi di prendere il mio iPad.»

Con un gemito tornai in camera da letto a prendere il suo giocattolo preferito. «Così va bene?» gli chiesi infilando il dispositivo nella tasca posteriore della borsa. Era un modo davvero strano di prepararsi per una situazione pericolosa, ma rappresentava bene come fosse diventata la mia vita.

«Ancora una cosa» gli dissi mentre ci dirigevamo all'auto. «Ora chiamo mia madre.»

«Perché? Non basto io a proteggerti?»

«Fidati di me» dissi ridendo. «Basti e avanzi per la maggior parte del tempo, ma le ho promesso uno scoop e farò in modo che lo ottenga.»

Sembrava ancora confuso: «Ma lei non cercherà di fermarti? Non è per questo che non abbiamo detto niente alla nonna e a Charles?»

«Sì, è per questo, ma mia madre non è un tipo che si preoccupa facilmente. Capisce che il fine giustifica i mezzi.»

Gattavius mi salì in grembo e mi conficcò gli artigli nelle cosce quando avviai il motore. «Beh, è la tua vita, quindi è una tua decisione» disse.

Non il migliore degli atteggiamenti per un assistente. Speravo che, se fosse dovuto intervenire, avrebbe fatto il necessario per salvarmi. Non ne ero più tanto sicura dopo la scena con il formaggio a casa.

Ma non era il momento di pensare a questo: dovevo salvare un uomo innocente dal trascorrere il resto della vita in prigione. L'ultima volta ero finita nei guai perché non mi ero resa conto del pericolo; questa volta invece ne ero consapevole ed ero pronta ad affrontarlo.

Dopo aver allacciato la cintura di sicurezza, collegai l'iPad di Gattavius al Bluetooth dell'auto e chiamai mia madre con FaceTime attivando solo l'audio.

Rispose così in fretta che non sentii neanche suonare: «Ehi, Angie. Ha qualche novità?»

«In effetti» annunciai a voce alta per essere certa che mi sentisse nonostante il motore in sottofondo, «mi sto recando proprio ora a Misty Harbor. Pensi di riuscire a raggiungermi con una troupe e le telecamere?»

«Ci vorrà un po' per organizzare la cosa. Qui a Glendale è raro utilizzare degli inviati per le notizie, ma arriverò il prima possibile. Dove devo raggiungerti?»

«Lighthouse Realty & Brokerage» risposi snocciolando l'indirizzo.

«Sono davvero colpita. Come avete fatto a scoprire il vero colpevole?» chiese.

Il mio cuore di figlia era pieno d'orgoglio, tuttavia esitavo: mamma non sapeva ancora la verità sul mio superpotere e non mi sembrava né il momento né il modo per parlargliene.

«È una lunga storia. Vediamo di mandarla in onda!» dissi sapendo benissimo che non mi sarei mai sognata di parlare delle mie bizzarre capacità al TG locale. Sarebbe stato già abbastanza difficile dirlo a mia madre, ma mi sarebbe toccato farlo entro fine giornata.

«La mia figliola in gamba! Quel diploma in giornalismo ha dato i suoi frutti! Sono ancora convinta che sia quella la tua vera strada. Saremmo un'ottima squadra noi due!»

«Ci penserò, mamma» dissi, ben sapendo che la cosa non mi attirava proprio per niente. Avrei detestato trovarmi in diretta concorrenza con la mia ambiziosa genitrice e, peggio ancora, dover lavorare fianco a fianco con lei ogni giorno. Ci volevamo un gran bene, ma la compagnia reciproca andava presa a piccole dosi.

Lei rise bonariamente: «Ok, ho capito. Ma hai ragione: ora concentriamoci su ciò che va fatto.»

Restava un'ultima cosa da dirle, la più difficile: «Mamma?»

«Sì?»

«Se ricevi una chiamata da questo numero nelle prossime ore... soprattutto una chiamata muta... chiama la polizia. Ok?»

Inspirò profondamente e mi chiese: «Stai per fare qualcosa di pericoloso?»

Mi auguravo proprio di no.

«No, è solo per precauzione» mentii. Sapevo che Sandra aveva già ucciso, *per ben due volte,* e niente mi garantiva che non avrebbe deciso di eliminarmi, una volta saputo che l'avevo scoperta e che intendevo farla pagare per i suoi crimini.

«È sempre una buona idea avere un piano B» disse mia madre in tono rassegnato. «Sarò lì il prima possibile.»

«Ok» risposi. «Chiamami quando arrivi. Forse avrò il telefono spento, ma ti richiamerò appena possibile. Mamma?»

«Sì?»

«Ti voglio bene.»

«Anch'io.»

Feci un respiro profondo e mi rivolsi a Gattavius: «Ecco fatto» dissi. «Ora il numero di mia madre è l'ultimo della cronologia. Chiamala se ci sono problemi, ok?»

Aveva un'espressione tetra; forse iniziava finalmente a capire quanto fosse rischiosa quella situazione per me, o forse era solo turbato dal viaggio in auto. Non ne ero certa.

L'unica cosa sicura era che stavamo andando a stanare un'assassina. *E niente mi avrebbe fermata.*

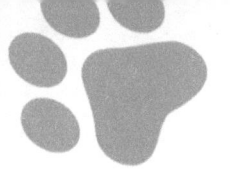

19

«**È** ora di entrare in azione» mormorai, ancora seduta al posto di guida della mia auto, nel piccolo parcheggio della Lighthouse Realty & Brokerage. Mi tremavano le mani mentre prendevo la borsa di vimini dal sedile del passeggero e la tenevo aperta per consentire a Gattavius di entrarci.

Ringhiò ma obbedì senza lamentarsi.

«Ricordati che l'iPad è nella tasca posteriore» gli dissi. «Terrò la borsa in grembo. In caso di emergenza salta fuori e buttala a terra. In questo modo l'iPad dovrebbe finire sul pavimento e potrai usarlo.»

«Ho capito» rispose. «Ma se finisse con lo schermo rivolto a terra?»

«Speriamo che non succeda» dissi. Accidenti, avrei dovuto pensarci prima, ma ormai eravamo arrivati ed era il momento di agire.

«Mettilo dentro la borsa» suggerì lui tirando fuori la testa per osservarmi.

«Ma non ti piace che ci sia qualcosa dentro. Ti dà fastidio» sottolineai.

«È spiacevole, ne convengo. Ma sarebbe ben più spiacevole se tu morissi e dovessi addestrare un altro umano a prendersi cura di me.»

«Oh, allora mi vuoi bene, in fondo!» squittii tirando fuori l'iPad dalla tasca posteriore e infilandolo nello scomparto principale della borsa.

«Basta smancerie. Andiamo ad assicurare alla giustizia quella criminale!» disse acquattandovisi dentro.

Bene. Feci un altro respiro profondo e scesi dall'auto sistemandomi la borsa sulla spalla e avvicinandomi alla porta d'ingresso. Speravo che Sandra fosse in ufficio. Avevo evitato di chiamare per accertarmene: preferivo improvvisare. È vero, non avevo un piano, ma speravo nel provvidenziale aiuto del gene di famiglia del talento per la recitazione.

Il suono di una campanella annunciò il mio arrivo quando spinsi la porta a vetri per entrare. Un piacevole profumo di vaniglia aleggiava nell'aria e la sala d'attesa ospitava due bei divani imbottiti e un'invitante gamma di riviste. C'era perfino un piccolo frigo con bottigliette d'acqua, vari tipi di soda e caffè freddo in lattina.

Vedendo che non c'era nessuno alla scrivania all'ingresso, colsi l'occasione per sgraffignare un caffè. Avrei dovuto comprarmi qualche lattina da tenere a casa. La aprii, ne gustai un goccio e tracannai il resto in tre sorsare.

Coraggio in forma liquida?

Me lo auguravo.

«Buongiorno e benvenuta alla Lighthouse Realty & Brokerage» mi salutò una voce femminile dall'altro lato della stanza. «Come possiamo esserle utili?»

Lanciai un'occhiata alla nuova arrivata e riconobbi all'istante Sandra Lynn con i suoi inconfondibili riccioli rossi e un ampio sorriso che, ora lo sapevo, nascondeva oscuri segreti. Afferrai i manici della borsa: avevo bisogno di sentire che Gattavius era al mio fianco per mantenere il controllo e restare concentrata sul da farsi.

«Buongiorno» dissi con quello che, speravo, fosse un sorriso cordiale. «Sono qui perché vorrei acquistare una casa.»

Sandra rise, un suono sorprendentemente penetrante. Mi chiesi se mi sarei fatta ingannare dal suo atteggiamento cordiale se non fossi stata a conoscenza dei fatti. «Allora posso sicuramente esserle utile. Perché non ci accomodiamo nel mio ufficio?» Si avviò di buon passo lungo il corridoio e io la seguii.

«È fortunata» mi disse voltandosi a guardarmi mentre camminava. «Di solito chi si presenta senza appuntamento deve accontentarsi di uno dei nostri agenti junior, ma questo pomeriggio mi hanno annullato un appuntamento. In qualità di proprietaria dell'agenzia e agente con la maggior esperienza, le farò avere la casa dei suoi sogni in un batter d'occhi.»

Mi rivolse un sorriso falso, si fermò e mi fece cenno di precederla nel piccolo ufficio scarsamente illuminato.

«Una vera fortuna» replicai con un sorriso educato.

«Come si chiama, mia cara? Si tratta del suo primo acquisto?» Sandra si sedette alla scrivania e si chinò verso di me mentre parlavamo.

«Mi chiamo Angela» dissi porgendole la mano per stringere la sua. Non era una vera e propria bugia ma nemmeno la pura verità. Nessuno mi chiamava così a parte Gattavius, e anche lui lo faceva solo raramente. «Proprio così» conclusi.

«Bene, lasci che le illustri qualche concetto di

base» disse lanciandosi in un lungo monologo che mi diede il tempo di esaminare attentamente l'ufficio. Niente saltava particolarmente all'occhio, ma non mi ero certo aspettata di trovare un martello insanguinato sulla scrivania.

Sandra concluse il discorso e restò in attesa che io dicessi qualcosa, ma non avevo prestato abbastanza attenzione da sapere cosa.

«Cosa sta cercando, mia cara?» ripeté. Il suo sorriso vacillò leggermente mentre aspettava una risposta.

«Ehm...» Ripensai a tutte le teorie che io, Charles, la nonna e Mitch avevamo ipotizzato durante il viaggio di ritorno a Glendale. Tutte erano incentrate sulla stessa domanda: *Che motivo avrebbe potuto avere l'agente immobiliare per uccidere i suoi clienti?* I soldi sembravano la questione più plausibile. Non capivo cosa ciò potesse implicare, ma decisi di sollevare con cautela la questione:

«Mi piacerebbe un bell'appartamento con tre camere da letto, ma temo che i miei risparmi non siano sufficienti a trasformare il mio sogno in realtà.»

Si accigliò brevemente, scosse il capo e tornò a sorridere: «Non c'è problema. Possiamo lavorarci su. Di che cifra stiamo parlando?»

«Beh, è piuttosto modesta.» Purtroppo questo era vero.

Strinse le labbra truccate con cura in una linea dura: «Mmm.»

«Può aiutarmi in qualche modo?» chiesi facendo del mio meglio per sembrare una donna in cerca di una casa che non poteva permettersi.

Sandra si irrigidì prendendosi qualche istante per riflettere: «Ci sono dei programmi governativi che forniscono prestiti per l'acquisto della prima casa. Il tasso d'interesse non sarà molto conveniente, ma capita di frequente quando si acquista una proprietà per la prima volta.»

«Ok» dissi impotente.

«Perché ha deciso di procedere proprio ora se si tratta di un momento di difficoltà economica?» chiese.

Dovevo pensare in fretta per evitare di destare sospetti, così dissi la prima cosa che mi venne in mente: «Beh, nell'appartamento in cui vivo ora, io e il mio gatto ci stiamo sempre addosso. Ci serve più spazio. Oh, e ho anche un cane! Uno Yorkshire.»

A quelle parole la donna impallidì. Deglutì prima di scoppiare nuovamente in una risatina stridula: «Sembra proprio che siate al completo» disse.

Forse me l'ero solo immaginato, ma aveva vacillato alla menzione dello Yorkshire. Forse, insistendo un po', sarei riuscita a innervosirla abbastanza da ottenere una confessione.

«A lei piacciono i cani?» chiesi stringendomi la borsa in grembo per rassicurare Gattavius che, senza dubbio, non era contento di non poter prendere parte a quella conversazione: in fin dei conti, da quando aveva conosciuto Yo-Yo sottolineare la superiorità dei gatti rispetto ai cani era diventato uno dei suoi passatempi preferiti.

«Mi sono occupata per un po' del cane di un'amica» rispose Sandra voltandosi dall'altra parte per sistemare dei documenti. «Non so se ne prenderei uno, ma visto che lei ce l'ha dovremmo pensare a una casa con un giardino recintato.» Mi porse trionfante un elenco.

Mi interrogavo sulle sue parole mentre fingevo di consultarlo: si era occupata del cane di un'amica? Si riferiva forse a Yo-Yo? Era per questo che lui era scomparso per qualche settimana prima di ricomparire davanti alla porta di casa dove Charles l'aveva trovato? E se era andata così, perché Yo-Yo non ce l'aveva detto?

Pensavo che la perdita di memoria legata al trauma si fosse risolta quando aveva ritrovato Mitch, ma forse ancora non ricordava altri dettagli che non fossero direttamente legati all'accaduto.

«Non so se uno di questi è il posto che fa per me» dissi posando l'elenco sulla scrivania. «Ma grazie lo stesso.»

«Ha fatto qualche ricerca online? Questi elenchi non sempre sono aggiornati, ma se ha qualche idea su cosa potrebbe piacerle, questo ci aiuterebbe a fare una ricerca più mirata.»

Era brava a non perdere il filo della conversazione: a ogni commento mi portava un po' più vicina all'acquisto. Ci sarebbe voluto ben di più per metterla fuori gioco, ma per fortuna avevo un asso nella manica.

«In effetti...» dissi stringendomi la borsa di vimini al petto, nel tentativo di attutire il tremito delle mani. «C'è una casa che mi piace molto a Glendale. È al di là delle mie possibilità economiche, ma spero che potremmo ottenere un buon accordo.»

«Saro lieta di negoziare con i proprietari e vedere cosa si può fare» rispose Sandra con un sorriso ossequioso. «È sicura di volere proprio quella? Riusciamo a preparare un'offerta?»

«Beh, è una bella casa. Suppongo che potremmo provarci» dissi fingendomi esitante.

Lei annuì entusiasta. Doveva essere bello guadagnarsi una succosa commissione senza aver dovuto fare praticamente nulla; probabilmente ora mi vedeva come un grosso dollaro ambulante. «Magnifico. Ha l'indirizzo?»

Tirai fuori il cellulare e finsi di cercarlo. Infine le diedi l'indirizzo degli Hayes, che ormai sapevo a memoria.

Sandra non disse nulla, si limitò a fissarmi, così aggiunsi: «Come ho detto, speravo di poter ottenere un buon prezzo perché in quella casa sono state assassinate due persone.»

«Non penso che quella sia la casa giusta per lei, mia cara» disse infine.

«Perché no?» protestai. «È un bellissimo quartiere e avrei un sacco di spazio per me e per i miei animali. Non potremmo fare almeno un tentativo?»

«La esorto davvero a optare per una proprietà dalla storia meno sordida» disse tornando a consultare la documentazione e tirando fuori un altro elenco apparentemente a caso: «Questa sembra davvero bella. Che ne dice?»

Non diedi neanche un'occhiata. Con gli occhi fissi nei suoi, mi passai la lingua sulle labbra e dissi: «Ha detto che avremmo potuto preparare un'offerta ed è ciò che intendo fare. Possiamo iniziare, per favore?»

Lei scosse il capo. «Forse non dovrei dirlo

perché... ecco, forse penserà che ho qualche rotella fuori posto ma...» si fermò e scoppiò a ridere, ma io rimasi seria, in attesa.

«Ma la casa di cui parla...» continuò. «È infestata dai fantasmi.»

«Eh!? Mi dia un secondo.» Posai la borsa a terra proprio di fronte alla gigantesca scrivania in modo che non riuscisse a vedere ciò che stavo facendo senza alzarsi in piedi. Presi l'iPad e feci cenno a Gattavius di uscire. Quando dispositivo e gatto furono sul pavimento e mi fui accertata che il tigrato stesse già chiamando mia madre, mi rizzai sulla sedia e rivolsi nuovamente l'attenzione a Sandra, che sembrava sempre più nervosa.

«Infestata?» chiesi scuotendo il capo. «Dice sul serio?»

Annuì enfatica: «So che non tutti credono ai fantasmi e cose simili, ma in quella casa ci sono davvero, e sono molto arrabbiati. Meglio non farsi coinvolgere in un simile pasticcio.»

«Caspita!» dissi fingendo di pensarci attentamente per guadagnare tempo. Se mia madre avesse risposto alla chiamata prima che giocassi le mie carte, avrebbe potuto sentire tutto. Udii un brusio proveniente dal basso: doveva essere lei.

«Cos'è stato?» chiese Sandra guardandosi intorno nella stanza in cerca della fonte del rumore.

«Aspetti. Ho una domanda» mi affrettai a dire per richiamare la sua attenzione. «Ha detto che quei fantasmi sono arrabbiati. Non sarà perché li ha uccisi lei?»

20

«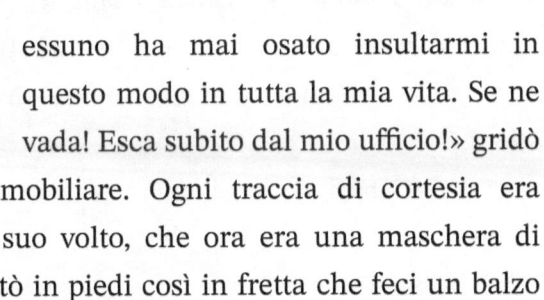essuno ha mai osato insultarmi in questo modo in tutta la mia vita. Se ne vada! Esca subito dal mio ufficio!» gridò l'agente immobiliare. Ogni traccia di cortesia era sparita dal suo volto, che ora era una maschera di rabbia. Scattò in piedi così in fretta che feci un balzo indietro, terrorizzata.

E, incespicando per alzarmi a mia volta, pestai la coda di Gattavius, che emise un terrificante ululato e saltò dritto sulla scrivania soffiando come un indemoniato.

«Che diavolo è? Da dove salta fuori?» sbraitò Sandra facendosi sempre più rossa in viso.

«Perché prima non risponde alla mia domanda?!»

le gridai. «So che è stata lei a uccidere gli Hayes e posso provarlo!»

«Non può provare proprio un bel niente! Se ne vada da qui!»

Incrociai le braccia sul petto e la fissai dritto negli occhi, sperando che non si accorgesse di quanto fossi impaurita: «Non andrò da nessuna parte finché non ammetterà ciò che ha fatto!»

«Io non ho fatto niente» disse pronunciando con cura ogni parola. Ma io non ci cascai.

«Ha assassinato gli Hayes a sangue freddo. Gli ha spaccato la testa a martellate e ha incastrato il tutto-fare» dissi. «Ucciderà anche me se diventerò sua cliente?»

Sandra sbuffò e si slanciò verso di me, ma ero troppo veloce per lei.

Schizzai fuori dal suo ufficio e tornai verso l'ingresso. «Aiuto!»

«Non c'è nessun altro qui» mi disse lei avvicinandosi con deliberata lentezza.

Intravidi un'opportunità e la colsi al volo: infilandomi a forza nel corridoio la superai, tornai di corsa nel suo ufficio e mi chiusi a chiave all'interno.

«Te ne pentirai!» gridò prendendo furiosamente a pugni la porta.

La ignorai e iniziai ad aprire freneticamente

cassetti e armadietti in cerca di prove: «Aiutami a trovare qualcosa di utile!» dissi a Gattavius, ancora intento a leccarsi la coda dolorante.

Rovistammo in tutto l'ufficio.

Qualcosa doveva esserci di certo.

«Ho chiamato tua madre come mi avevi detto» mi informò il tigrato.

«Chiamo la polizia!» tuonò Sandra dal corridoio.

«Benissimo, così potranno arrestarla subito!» gridai a mia volta sfidandola a farlo e rivolgendo un sorriso grato a Gattavius.

«Grazie per l'aiuto» gli dissi. «Sei stato bravo.»

Continuammo la nostra frenetica ricerca ancora per un po', la mia disperazione che cresceva a ogni istante.

«E questo cos'è? Queste parole mi sembrano familiari» disse Gattavius colpendo con la zampa una pila di lettere poste sopra uno schedario, che caddero a terra sparpagliandosi. Non aveva ancora imparato a leggere, ma iniziava a riconoscere alcune parole e i numeri.

Setacciai la corrispondenza e trovai una lettera indirizzata a Charles.

«Oh! Pensava di farla franca ricattando il mio collega?» gridai a Sandra sventolando in aria la lettera anche se lei non poteva vederla. «A che scopo minacciarlo quando sa benissimo che non è stato Brock Calhoun a uccidere Bill e Ruth Hayes?»

Ma lei non rispose. In effetti nell'intero ufficio regnava il silenzio. L'unico suono che percepivo era quello del sangue che mi scorreva a velocità folle nelle vene. Il cuore iniziò a battermi furiosamente e pregai che Sandra non fosse riuscita a mettere le mani su una pistola o su qualche altra arma con cui abbattere la porta per arrivare a me.

Un attimo dopo la porta d'ingresso dell'agenzia immobiliare si aprì di colpo con un violento scampanellio.

«Sono Laura Lee di Channel 7 News. Può spiegare ai nostri telespettatori cosa sta succedendo qui?» La voce di mia madre si levò forte e chiara; riuscivo a immaginarmela sul piede di guerra, intenta a brandire il microfono come una spada. Di sicuro era una di quelle occasioni.

Sentendomi al sicuro ora che erano arrivati i rinforzi, spalancai la porta e tornai nell'area d'ingresso giusto in tempo per vedere Sandra Lynn che tentava la fuga.

«Mamma! Fermala!» gridai iniziando a correrle dietro. Non avevo la minima idea di cosa avrei fatto se l'avessi presa, ma dovevo almeno provarci.

«Basta così» mi intimò mia madre, lasciando

cadere il microfono e afferrandomi per le braccia. Il cameraman iniziò a correre, ma l'enorme telecamera che aveva in spalla rallentava la sua andatura.

Attraverso la porta a vetri vidi un'auto della polizia fermarsi con uno stridio di pneumatici: ne balzarono fuori due poliziotti armati.

«L'ho presa!» Udii la voce di Charles da un punto che non riuscivo a scorgere.

Mia madre mi lasciò andare e mi precipitai fuori per poter vedere cos'era successo: mi trovai davanti Charles che teneva saldamente bloccata una Sandra ormai al limite della disperazione.

«Non avete nessuna prova!» gridò.

«In realtà ho questa» dissi sventolando la lettera in aria. «Era nella posta da spedire» spiegai porgendola al poliziotto più vicino.

«Lettere minatorie, eh?» disse l'ufficiale con una smorfia dopo averla letta. «Grazie» mi disse poi infilandosela in tasca. «Ma doppio omicidio premeditato e frode dovrebbero bastare a tenerla dentro per un bel po'.»

«Ho dei diritti!» gridò pateticamente Sandra.

«Ha ragione» disse l'altro ufficiale. «Glieli leggo subito. Ha diritto di rimanere in silenzio...»

Charles mi si avvicinò zoppicando leggermente:

Sandra doveva aver opposto resistenza quando lui l'aveva catturata. «Stai bene?» mi chiese apprensivo.

«Sì.»

Una volta accertatosi che fosse proprio così, il suo bel volto si contrasse in una maschera di rabbia: «Perché sei venuta qui da sola?»

«Dovevo trovare un modo per dimostrare l'innocenza di Brock e questo mi sembrava il più diretto.»

«Il più assurdo» ribatté lui. «E pericoloso.»

Scossi il capo ripensando a ciò che aveva detto il poliziotto. «Avete trovato altri modi per dimostrare che è stata lei?»

Si passò una mano fra i capelli e sospirò: «Sì. Se fossi tornata da tua nonna avrei potuto dirtelo subito.»

«Come avete fatto?» insistetti. Non riuscivo ancora a capire perché l'agente immobiliare avesse ucciso dei clienti e la cosa mi faceva impazzire.

«Mitch» disse semplicemente Charles. «Ha messo in moto le cose inviando qualche messaggio mentre tornavamo a Glendale.»

«Ma ha detto che il suo telefono...»

«Ha usato quello di tua nonna» mi interruppe. «In ogni caso, eri sulla pista giusta con la Bayside Printing Company, ma non hai fatto le domande giuste. L'ex capo di Bill, il signor Weber, è riuscito a effettuare un ripristino di sistema e recuperare dei file che erano stati eliminati. Quando ha saputo di dover esaminare la documentazione relativa alla Lighthouse Realty & Brokerage, ha trovato proprio ciò che ci serviva.»

Ero felicissima che avessimo trovato le risposte che cercavamo, ma ancora non riuscivo a capire: «Ovvero?»

«Il movente» disse Charles con un gran sorriso. «Era un piccolo particolare ed era facile non accorgersene, ma nell'ultimo materiale che aveva mandato in stampa, Sandra aveva incluso una pagina di troppo.»

«Che vuoi dire?» chiesi facendogli cenno di sbrigarsi a rispondere alla domanda che mi aveva perseguitata per tutta la settimana.

«Che aveva passato a Bill un documento finanziario che mostrava alcune attività illegali legate a documenti falsi e conti offshore» spiegò.

«E lo ha ucciso per questo?» chiesi. «Perché temeva che la denunciasse?»

«Mi ha ricattata!» gridò Sandra. «Ha detto che, poiché sapevo già come aggirare le regole, non doveva essere un grosso problema per me procurargli una casa nuova senza fargli sborsare un soldo. Razza di idiota egoista! Ma io non avevo mezzo milione da buttare al vento. Cosa avrei dovuto fare?»

«Per prima cosa non rubare» disse uno degli agenti abbassandole la testa e spingendola sul sedile posteriore della volante.

«E di certo non avrebbe dovuto uccidere né lui né nessun altro» commentò l'altro agente.

«E questo è tutto» annunciò mia madre raggiungendoci. «Brock Calhoun è innocente e il vero assassino è stato assicurato alla giustizia. Il tutto in diretta in esclusiva su Channel 7.»

Quando iniziò a intervistare Charles, sgattaiolai silenziosamente fuori dall'inquadratura per andare a recuperare il mio gatto e il suo iPad all'interno dell'agenzia.

Trovai Gattavius appallottolato sulla scrivania di Sandra. Nonostante il chiasso e tutto ciò che era successo, era riuscito ad appisolarsi.

«Ehi.» Lo scossi delicatamente per svegliarlo. «Ce l'abbiamo fatta.»

Strizzò gli occhi, sbadigliò e disse: «Fantastico. E ora che si fa?»

«Che ne dici di un panino all'astice al Little Dog Diner?»

* * *

Charles si unì a noi e offrì panini a tutti, inclusi Mitch, la nonna e Yo-Yo che ci avevano raggiunti poco dopo l'arresto di Sandra. Lasciai che fosse lui a raccontare tutti i dettagli e mi concentrai sul delizioso pasto che avevo davanti.

Verso la fine del racconto la nonna mi diede uno schiaffo sulla nuca facendomi quasi strozzare di nuovo.

«Cosa ho fatto?» mi lamentai, la bocca ancora piena.

«Se osi fare di nuovo qualcosa di tanto stupido ti uccido» disse scoccandomi un'occhiataccia.

«Scusa» balbettai. «Brock è già stato informato?» chiesi poi nel tentativo di cambiare argomento.

Charles si leccò la maionese da un dito. «Le procedure di rilascio sono già in corso. Uscirà entro sera.»

Quella notizia mi rese così felice che non potei fare a meno di sorridere mentre divoravo il secondo panino.

Mitch finì di mangiare per prima; prese in braccio Yo-Yo e se lo appoggiò in grembo. Quella scena mi fece tornare in mente qualcosa che ancora non quadrava.

«Quando ho parlato con Sandra,» dissi facendo una piccola pausa per accertarmi che tutti mi stessero ascoltando, «lei ha detto di essersi occupata di un cane per un'amica. Pensate che potesse riferirsi a Yo-Yo?»

«Credi davvero che l'abbia rubato, tenuto prigioniero per qualche settimana e poi l'abbia lasciato andare? Sembra improbabile» disse Charles. «Che motivo avrebbe avuto per farlo?»

«Chiediamolo a lui» disse Gattavius prima di mettersi in bocca un grosso pezzo di gamberetto.

«Lo faresti?» chiesi, aggiungendo subito «per favore» quando vidi che tergiversava.

«Che cosa...?» iniziò Charles, ma lo zittii mentre aspettavo che gli animali finissero di parlare.

«Affermativo» disse Gattavius poco dopo. «L'ha preso quella notte perché lui non la smetteva di abbaiare, ma lui è scappato ed è tornato a casa. Gli ci è voluto un po' per ritrovare la strada da Misty Harbor, ma era determinato a tornare a qualunque costo.»

Riepilogai rapidamente la risposta al resto del gruppo.

«Allora perché non ha ucciso anche lui?» chiese Charles.

«Suppongo che anche la crudeltà abbia un limite» disse la nonna con un elegante cenno del capo.

«Ha detto che gli dispiace di non essere riuscito a

ricordare tutto prima» mi informò Gattavius. «E che vi ringrazia per aver aiutato la sua famiglia.»

«Che ne sarà di lui ora?» domandai.

«Charles mi sta aiutando a presentare una mozione per poterlo tenere con me al campus come animale di supporto emotivo» rispose Mitch con un sorriso. «Non ce la farei a separarmi di nuovo da lui. È tutto ciò che mi è rimasto della mia famiglia.»

«E fino ad allora starà da me» aggiunse Charles. «Ma non ci dovrebbero essere problemi a ottenere l'approvazione, tenendo conto del fatto che...» La voce gli si affievolì ma fu Mitch a concludere: «I miei genitori sono stati assassinati.»

«Che giornata» disse la nonna con un profondo sospiro. «Suggerirei di prenderci una pausa prima del prossimo caso, se per te va bene» disse rivolgendosi a me.

«Cosa ti fa pensare che ce ne sarà un altro?» chiesi sorpresa.

«Perché, tesoro, anche se non sempre scegli il modo più sicuro di agire, credo che tu abbia finalmente scoperto la tua vocazione.»

«E cioè?»

«Sei il miglior investigatore privato dell'intero Maine» dichiarò con un sorriso orgoglioso.

«E allora brindiamo» dichiarò Charles sollevando il bicchiere di soda.

«Cin cin» aggiunse Mitch.

Fu allora che mia madre piombò nel locale per unirsi a noi. «Eccomi!» gridò. «Che cosa mi sono persa?»

«Niente» disse la nonna facendomi l'occhiolino. «Proprio niente.»

Suppongo che avrei potuto parlargliene più avanti. Per quel giorno avevamo già fatto il pieno di emozioni.

Gattavius mi diede un colpetto con la zampa: «Ora che il caso è chiuso, è il momento di riparlare di quel favore.»

Mia madre era impegnata a dare ordini alla cameriera, così mi piegai verso di lui e sussurrai: «Di che si tratta?»

«Voglio che mi compri una casa» disse con un sorriso degno dello Stregatto.

«Una casa!» strillai.

Annuì entusiasta: «E non una qualsiasi. La *mia* casa. Voglio tornarci.»

Rimasi a bocca aperta in cerca di una risposta appropriata, ma non mi venne in mente niente.

«Non preoccuparti, verrai anche tu» aggiunse Gattavius nel vano tentativo di rispondere alle mie obiezioni. Aveva imparato molto sugli esseri umani e la loro società, dovevo riconoscerglielo, ma alcune cose ancora non gli entravano proprio in testa, l'esistenza dei soldi prima fra tutte.

«Vuoi che acquisti la casa di Ethel?» sussurrai. «Non potrò mai permettermi una villa di quella portata!»

«Penseremo in un secondo momento a questi dettagli» mi rassicurò rimettendosi a mangiare.

Alzai gli occhi e vidi mia madre che mi fissava con un'espressione che riconobbi all'istante.

Lo sapeva.

Questi due gatti sono privi di pelo e spaventati... Ma avranno davvero ucciso la loro proprietaria?

Il prossimo libro della serie è ora disponibile!

Scarica la tua copia di *Indagine senza pelo* e comincia subito a leggere...

MOLLY E I SUOI LIBRI

CHI È MOLLY FITZ

Tecnicamente, la scrittrice e autrice di best-seller Molly Fitz non è in grado di parlare con gli animali. Questo però non le impedisce di avere conversazioni serie e molto animate con i suoi tre assistenti-scrittori felini.

Molly vive in una sperduta regione selvaggia dell'Alaska insieme a suo bambinə e lo zoo di famiglia. Di tanto in tanto, Molly si arrischia a uscire di casa, se c'è in vista un buon pranzetto o aroma di caffè... o, magari, per incontrare nuovi amici animali.

Scopri di più su Molly e sui suoi libri, e non dimenticarti di iscriverti alla newsletter su **www.raccontimiciosi.com**.

UN DETECTIVE CON LE VIBRISSE

Angie Russo si è messa in società con il primo gatto parlante investigatore di Blueberry Bay, Gattavius, che, insieme alla sua banda un po' sgangherata di aiutanti animali e umani, risolverà ogni mistero... a patto che questo non interferisca con le sue abitudini. Comincia con il primo libro della serie, _**Il segreto del gatto**_.

LE AVVENTURE MAGICHE DI MERLINO

Gracy Springs non è una maga... ma il suo gatto, sì! Adesso, però, Gracy deve mantenere il segreto, altrimenti rischia di passare il resto della vita in una prigione magica. Grossi guai sembrano attenderli a ogni passo. Comincia con il primo libro della serie, _**Merlino sceglie un famiglio**_.

... E TANTE ALTRE NOVITÀ IN ARRIVO!

* * *

CONNETTITI CON MOLLY

Se sei alla ricerca di una community di lettori strava-ganti, che amano gli animali tanto quanto i libri, allora non c'è dubbio: saremo amici!

Segui **la mia pagina Facebook**: <u>www.facebook.com/raccontimiciosi</u>

Iscriviti alla mia **newsletter** e riceverai un pacchetto gratuito in formato digitale, tutte le ultime novità e aggiornamenti e, nelle occasioni speciali, omaggi pensati apposta per gli appassionati: <u>www.raccontimiciosi.com/iscriviti</u>